EL VOLCÁN

Alexis Ravelo

Los perros de agosto

ANAYA

1

El 6 de agosto de 2007, Gonzalo Santana Caralt fue nombrado presidente del consejo de administración de Permucasa. La noticia fue portada en todos los periódicos regionales e incluso ocupó una columna en alguno nacional.

Esa misma mañana, el cadáver de Andrés Ortiz Benítez, alias Reverendo, apareció en el puerto de La Luz y de Las Palmas. El hallazgo ocupó un sueltillo en la página de sucesos de la prensa local y una entrada en un periódico digital.

Ambas noticias estaban estrechamente relacionadas, pero nadie lo sabía.

2

En periodismo existen cinco preguntas a las que todo artículo bien redactado debe responder. Los pedantes las llaman las cinco uves dobles del periodismo: *What*, *Who*, *When*, *Where*, *Why*. Para los de francés: Qué, quién, cuándo, dónde y por qué.

En la página anterior he respondido a cuatro de esas preguntas. Para responder a la quinta, tendré que extenderme un poco más. Si te interesa y tienes un rato libre, continúa leyendo. Si no, cierra inmediatamente el libro y utiliza ese tiempo que tú crees que te sobra en ocupaciones más meritorias, como cortarte las uñas de los pies o enchufarte a la consola. Tú te lo pierdes.

3

¿Sigues ahí? Vale. Comenzaré por el principio.

En el verano de 2007 yo hacía prácticas de empresa en *Realidad Canaria*, un periodicucho digital que entró en quiebra unos meses después. Por cierto, aprovecho para jurar por enésima vez que no tuve nada que ver con ese fracaso.

Me encontraba en el último año de carrera y me vino muy bien pasar ese tiempo en casa de mi familia. En *Realidad Canaria* no me sobrecargaban de trabajo. Solo me encargaron documentar las secciones de Política, Sucesos, Economía y Sociedad, además de un *blog,* el *blog* del Gordo Castro, donde aprovechaba para poner a parir sistemáticamente a todo bicho viviente. Tener a un machaca cerca les venía de perlas a los otros tres redactores y enseguida me convertí en un *veapor:* «Ve a por esto», «Ve a por aquello»... Ya se sabe: no hay mayor tirano que un enano con el látigo en la mano.

En los ratos libres, igual que los otros, espiaba a través de la ventana a la artista del ático de enfrente, que se pasaba la vida embadurnando lienzos como su madre la trajo al mundo. Todos sospechábamos que lo sabía. «La tía esa», como la llamaba Olga, nos tenía siempre despistados. En fin, de cualquier manera, y artistas nudistas aparte, yo trabajaba más que el psicoterapeuta del Gollum, y aprovechaba la mínima oportunidad para escaquearme de la redacción. Por eso, ese lunes me apunté a llevar un paquete al *ferry* que hacía la línea entre Gran Canaria y Fuerteventura.

Realidad Canaria hacía concursos imbéciles entre sus lectores. De qué color era el caballo blanco de Santiago o cuántos días de la semana llevan la letra eme. Los premios eran igual de tontos que las preguntas: una depiladora, un microondas, un juego de vasos para tomar tequila. Esa semana, la ganadora había sido una majorera. Para ahorrarse los gastos de mensajería, Viera, el director, pidió a un amigo suyo, que trabajaba como contramaestre, que le hiciese el favor de llevarlo. No recuerdo cómo se llamaba el tipo, pero me ofrecí voluntario para acercárselo en Babieca. Babieca era el pobre *scooter* amarillo que en aquella época soportaba habitualmente mis noventa y ocho kilos, y estaba aparcado, como siempre, delante del edificio. Viera, que de todos modos me lo hubiera ordenado, me agradeció el favor. Así que cogí el paquete (que contenía un robot de cocina marca Acme) y salí para el muelle.

He caído en la cuenta de que no me he presentado. Me llamo Jorge. Jorge Castro Fajardo. Aunque todos me llaman el Gordo. El Gordo Castro. Y no porque caiga en Navidad, sino porque me sobran unos kilillos. En concreto, casi veinte. Desde antes de tener uso de razón, ya quería ser periodista. Ahora que lo tengo, preferiría ser fontanero, pero qué se le va a hacer, estudié para esto y en esto es en lo que voy consiguiendo trabajo. Mis padres son buena gente. Él es maestro y ella enfermera. Dicho así, parece todo muy convencional, como sacado de una *peli* yanqui, ¿verdad? Pues agárrense: mi hermano mayor, Eduardo, es policía. Eso sí, un mero agente. Sin embargo él piensa que es Harry el Sucio.

Yo soy un tipo más bien raro, eso hay que reconocerlo. A lo mejor por eso ligo poco. Y cuando digo «poco», quiero decir «nada». Y cuando digo «más bien raro», quiero decir «más raro que un obispo en biquini». Me gustan los cuentos de H. P. Lovecraft, las *pelis gore* y Led Zeppelin. Me aburren las comedias románticas y los *emos*. Y hay dos cosas que detesto minuciosamente: las corbatas y mi hermano Eduardo.

Digo todo esto porque así casi no tendré que volver a hablar de mí y podré en adelante dedicarme a contar lo que tengo que contar.

Ya sabes más o menos cómo soy y cómo es mi vida habitualmente. En cuanto a la apariencia, mejor no contar demasiado. Si te cruzas por la calle con un tipo que lleva una melena negra descuidada, camiseta cutre sin planchar y vaqueros destrozados a la altura de las rodillas, quizá sea yo. Procura no pararte a olerme, porque sudo como un cerdo, sobre todo en verano.

4

Como un cerdo sudaba ese 6 de agosto mientras volvía a la zona franca del muelle de Los Cambulloneros para montarme de nuevo en Babieca y volver a la redacción. Había localizado al tipo, que recogió el paquete como si en lugar del robot de cocina contuviera las joyas de la corona, y me quedé a medio camino para mirar un rato al mar. Entonces observé el tumulto, un poco más allá, en el muelle Elder.

Normalmente, esto me hubiera llegado como una nota de prensa de agencias, yo la hubiera revisado y le habría propuesto a Viera un titular. Punto y pelota. Pero uno tendría que ser muy tarugo para quedarse esperando en la redacción a que los de agencias le contaran lo que tenía a solo cincuenta metros. Así que recorrí esa distancia lo más rápidamente que pude, tras coger el bloc de notas y la cámara de fotos del portabultos de Babieca.

Acababan de sacarlo. Dos marineros coreanos lo habían visto flotar a unos metros del muelle y se habían tirado al agua.

Ahora el cadáver era el centro de un corrillo, del que algunos se distanciaban para llamar por sus móviles a unos servicios de urgencia que ya habían sido avisados y que poco podrían hacer. Antes de caer al agua, el hombre tenía unos cincuenta y tantos, con el pelo largo y descuidado, castaño oscuro, al parecer, y unas barbas similares. Todo muy sucio. Vestía una camiseta que un día seguramente fue gris claro y vaqueros aún más destrozados que los míos. Además, unos mocasines negros de falso charol. Sin calcetines. Tenía toda la pinta de ser un indigente. Eso lo comprobó un estibador cuando rebuscó en la mochila que aún llevaba a la espalda. De ella fue extrayendo una manta inmunda, un cartón de leche, una lata de sardinas y, para sorpresa de todos, una Biblia. Y no cualquier Biblia, sino una Nácar Colunga, es decir, la edición litúrgica. El estibador no puso demasiados reparos en entregármela mientras buscaba algún tipo de documentación.

Yo ya había hecho algunas fotos y esperaría a la llegada de la policía para hacer más. Me aparté del corrillo y hojeé con disimulo el libro, que chorreaba, y cuyas páginas, finísimas, se desintegraban fácilmente al contacto con mis dedos. Y ahí ocurrió algo más sorprendente aún: en el interior, en pleno Evangelio de San Marcos, había una tarjeta de visita. De alguien de quien había oído hablar mucho.

Los guardamuelles aparecieron poco después y se enfadaron bastante por lo que había hecho el estibador. Comenzó una discusión entre este y uno de los guardias, que duró hasta que llegó el coche de la policía nacional. Mientras tanto, el segundo guardamuelle había vuelto a meter todos los objetos en la mochila y la había colocado junto al cuerpo antes de comenzar a disolver el grupo de curiosos. Los nacionales empezaron por preguntar quién había encontrado el cadáver, pero resultó que los coreanos habían aprovechado para hacerse humo tras cumplir con lo que ellos consideraban su obligación. No los culpo. Antes bien, los entiendo. Hice algunas fotos más y me fui a por Babieca. En medio de todo el lío, no me fue difícil guardarme la tarjeta en el bolsillo.

5

16 Pensarás: «Este gordo no pudo tener más suerte». Pero sí, se puede tener más. Porque cuando me alejaba del corrillo sorprendí la conversación de dos vejetes que lo habían estado observando todo a unos metros.

—Pues yo creo que sí es él —decía uno.

—Al que nace para martillo, del cielo le caen los clavos —sentenciaba el otro.

Me volví y me puse junto a ellos un momento, como si yo también viera las cosas desde su perspectiva, como si también fuera un curioso que miraba pero no intervenía.

—El caso es que la cara me suena —dije como para mí mismo, pero asegurándome de que los viejos me oían.

—Claro que sí, mi hijo —repuso enseguida el primero—. Es el Reverendo. Uno que andaba siempre por la Fuente de los Patos.

—Ah... ya sé.

No tenía ni idea de nada, salvo de que la Fuente de los Patos estaba muy cerca de la plaza de Belén María y que por esa zona solían pulular los indigentes durante el día.

—Este muchacho estaba siempre por allí, con un par de ellos más —prosiguió el anciano.

—El que lleva mala vida nunca tiene una buena muerte —zanjó el otro.

Me alejé tras hacer un saludo descuidado. Antes de distanciarme, aún pude oír al viejo, que agregaba: «Planta que nace en maceta, nunca sale del pasillo».

6

18 *Realidad Canaria*, como ya di a entender, vivía de buitrear noticias a los demás medios y de las que le enviaban las dos o tres agencias de segunda fila a las que estaba suscrito. Por eso a Viera se le afilaron los dientes en cuanto vio las fotos. Me mandó a redactar y colgar la entrada con el titular: APARECE EL CADÁVER DE UN INDIGENTE EN EL PUERTO DE LA LUZ.

Después me llamó a su despacho. Se puso en plan padre orgulloso de su chico: tu primera noticia de sucesos; recuerdo cuando cubrí mi primer suceso, tenía más o menos tu edad, y todas esas cosas que dicen los acabados que nunca llegaron a nada cuando alguien más joven da sus primeros pasos hacia el fracaso.

No he contado aún que Viera había ido de periódico en periódico por todo el archipiélago hasta acabar en aquella estupidez montada por dos o tres empresarios para invertir unos fondos que, por ese año, aún les sobraban. Hoy en día, Viera lleva el gabinete de prensa de un ayuntamiento del

Sur de cuyo nombre no quiero acordarme. Me he encontrado con él en alguna rueda. Está más gordo y más pálido y ha perdido tanto pelo que dentro de poco podrá peinarse con la toalla.

En fin, aquella mañana Viera se puso tan paternalista que temí que en algún momento me tomara entre sus brazos y me cantara una nana mientras me daba palmaditas en el culete hasta que me durmiera. En algún momento, llegó a decir que desde la primera vez que me vio le había dado buena espina.

Entonces fue cuando le hablé de la tarjeta. Y lo hice exactamente de la siguiente manera:

—Hay algo que no dije, Viera. Encontré algo muy interesante entre las cosas del indigente. Esto podría ser mucho más que una noticia de sucesos.

Él, que estaba sentado a medias sobre su mesa, se quitó sus gafas de montura al aire y mordió una de las patillas, mirándome de una forma que pretendía ser interesante y no era más que miope.

—Ese hombre —proseguí— tenía una Biblia y, dentro de la Biblia, había una tarjeta de visita.

—¿Y?

—Que la tarjeta de visita era de una persona importante, muy bien relacionada y muy conocida.

—¿Y quién es?

—No te lo voy a decir.

Viera dejó de morder la patilla de las gafas. Dejó de mirarme en plan interesante. Creo que hasta dejó de respirar. Se quedó boquiabierto, con la misma expresión de asombro que adoptaría un cavernícola al ver emerger a un submarino.

—¿Y eso?

—Bueno, pues, sencillamente: esta noticia es mía. Si te digo de quién se trata vas a poner en ello a uno de esos tres de ahí fuera. —Señalé a la redacción donde Olga, Pablo y Ayose habían terminado ya su trabajo y se dedicaban a reenviarse vídeos de coña, como siempre a esas alturas del día, porque la artista nudista paraba de trabajar para prepararse el almuerzo.

Viera me miró ahora con admiración.

—¿Y cuál es exactamente tu plan?

—Mi plan es que me permitas investigar un poco. Quiero dedicarme a esto plenamente durante un par de días. Y también quiero un pasaje a Tenerife, porque tengo que empezar por desplazarme allí, que es donde vive esa persona.

—¿Y qué gano yo con esto?

—Evidentemente, la exclusiva.

—¿Y si no hay noticia?

—Como mínimo, voy a encontrar una relación entre un indigente y alguien muy conocido y muy importante. Como máximo, vete a saber. Pero, en todo caso, quiero una oportunidad.

Viera se pellizcó el mentón, pensativo. Al final de su cavilación, comentó:

—Una simple tarjeta... podría haber llegado a las manos de ese hombre por mera casualidad.

—En el dorso está escrita la dirección de correo electrónico privado de esa persona. A mano.

Viera adoptó el aire de un diabético tentado por el escaparate de una pastelería. Se puso las gafas y, finalmente, dijo:

—Hoy es lunes y son las doce. El jueves a esta hora quiero algo consistente. Si no hay nada, a las doce y cinco te sientas de nuevo en el ordenador.

—De acuerdo. ¿Y de lo del viaje?

—Háblalo con Pablo. Que te saque el pasaje. Ir y venir en el mismo día. No estamos para alojamientos.

—¿Y las dietas?

—Llévate un bocata.

7

El tipo no parecía peligroso. Tendría unos treinta y tantos. Flaco y pequeñajo. Con una camisilla mugrienta, un pantalón de chándal y guaraches de plástico. Parecía no haberse afeitado en varios días y seguro que se había olvidado hacía tiempo de lo que es una ducha. Estaba sentado en el bordillo del parterre de la Fuente de los Patos. Yo había dado un par de vueltas por allí, después de aparcar a Babieca junto a la gasolinera cercana. Al fin me decidí a abordarlo y le di las buenas tardes. Sorprendido quizá por el hecho de que alguien lo saludara con normalidad, correspondió con un «Buenas».

—Soy periodista —le dije. Pensé que lo impresionaría.

—Pues vale —contestó, mirando hacia otro lado con franca indiferencia.

Se hizo un silencio que duró unos segundos larguísimos. No sé si alguna vez lo has pensado, pero hay segundos que duran horas, así como hay horas que duran segundos. Compara los segundos que dura la explicación de una fórmula en la clase de física y química con la hora que pasas jugando a la consola.

Pues bien, tras esos segundos interminables, volvió a mirarme, seguramente preguntándose: «¿Pero qué le pasa al peludo este?». Decidí que era mejor aprovechar que me prestaba atención de nuevo y preguntarle sin más.

—¿Conocías al Reverendo?

Me clavó sus ojillos turbios.

—Se llamaba Andrés —respondió, molesto—. Era amigo mío.

—Lo siento. Yo vi cómo lo sacaban del agua.

Ahora sí que se mostró interesado. Aproveché para hacer una pausa que alimentara su curiosidad y me senté a su lado.

—Me impresionó mucho —continué—. Cubrí la noticia. Pero además, he pensado en escribir un reportaje sobre él. No sé demasiado. Solo que debía de dormir en la calle y que tenía una Biblia. ¿Por eso lo llamaban Reverendo?

—Le decían Reverendo porque de joven había sido seminarista. Pero se salió.

—¿Por qué?

El hombre se encogió de hombros.

—No sé. Siempre me contaba batallitas. Que si la vocación, que si él no estaba de acuerdo, que si fueron a por él...

—En la mochila llevaba una manta. ¿Solía dormir por aquí?

Me miró sorprendido.

—Él tenía casa. Ahí al lado, en la calle Benecharo.

—¿Entonces?

—La manta era para mí. Me dijeron que anoche me andaba buscando.

—¿Y las demás cosas?

—Eran para mí. Él no tenía problemas de perras. Me echaba un cabo y a veces, si no me había metido nada, me dejaba dormir en su casa. No le gustaba que fuera puesto.

Reflexioné un momento. El Reverendo estaba resultando un tipo muy raro, para ser un indigente. Y ya no solo por su Biblia.

—¿Quieres decir que él no...?

En su rostro se dibujó una expresión de incomprensión que fue mudando hasta alcanzar el asombro. Soltó incluso algo parecido a una sonrisa, y pude ver sus dientes destrozados por la heroína.

—Pues claro que no... Cómo se nota que no lo conocías... El Reverendo no se metía nada de nada. Casi ni bebía... Y le echaba una mano a todo el mundo: a Ramón, al Pandi, a mí...

—¿Cómo una mano?

—Nos compraba comida, nos dejaba mantas... Era un cacho de pan. Buena gente.

—¿Y en qué trabajaba?

—No trabajaba.

—¿Y el dinero?

—No lo sé... Una vez me dijo que tenía una herencia. Pero vete a saber...

Volvió a hacerse un silencio. Era tan denso que si hubiera tenido pan y un cuchillo, hubiera podido untarlo y hacerme un sándwich de silencio.

—¿Sabes algo de cuándo lo enterrarán? —me preguntó.

Mientras me levantaba, le contesté que no tenía ni idea, pero que si me enteraba lo avisaría. Saqué lo que tenía suelto en el bolsillo, un par de euros, y lo puse junto a él en el bordillo donde un momento antes yo estaba sentado. Él, sin mirar el dinero, me dijo:

—Me llamo Chano. Si me necesitas para algo, pregunta en la gasolinera.

—De acuerdo. Yo me llamo Jorge.

Escribí mi número de móvil en un trozo de papel del bloc y se lo di.

—Este es mi número. Si recuerdas cualquier cosa importante, llámame.

Chano asintió mientras se guardaba el papel. Cuando ya me había alejado unos metros de él, le oí decir:

—En el artículo, di que Andrés no era un drogadicto ni un *matao*. Era buena persona y le salvó el pellejo a más de uno.

—Descuida.

8

Solo hay una cosa más asquerosa que encontrarse un gusano en la manzana que te estás comiendo: encontrarse medio gusano. Y solo algo peor que un musculitos pijo de gimnasio: que el musculitos sea tu hermano mayor.

Sabía que a esas horas estaría acabando su sesión de *fitness*, que es como llaman a lo de romperse lentamente la crisma entre pesas y aparatos dignos de la Santa Inquisición. Estaba esperándolo cuando salió con su metro noventa de alto por uno y medio de ancho, su cabeza rapada y su modo de llevar el bolso separado del cuerpo y ensanchando hombro, como si en vez de toallas y ropa sucia llevara un arsenal como el de Brendan Fraser en *La momia*. Definitivamente, Edi es un tarugo. Pero en ese momento me venía muy bien que fuera mi hermano y se dedicara a lo que se dedica.

—¿Qué pasa, Nano?

Suele saludarme así, con esa mezcla de desprecio y paternalismo, utilizando el diminutivo que me había puesto mi abuelo cuando yo no daba la impresión de que fuera jamás a crecer.

—Por aquí me ando —le dije mientras nos echábamos a andar uno junto al otro, sin mirarnos, en dirección a su casa, que estaba a unos doscientos metros calle abajo—. ¿Qué, masoca? ¿Te castigaste bien hoy?

—Deberías probarlo de vez en cuando. Estás hecho un tonel.

—En realidad, hay un hombre delgado en mi interior.

—¿Sí?

—Sí. Me lo comí la semana pasada.

En contra de lo que yo había esperado, tuvo la suficiente inteligencia para captar el chiste y hasta casi se rio. Después, tras una pausa, dijo:

—Bueno, suelta la gallina. ¿Te hace falta pasta?

—No.

—Entonces es que necesitas algún favor. Tú no apareces si no es por algo así.

—Eso es. Necesito un favor. Estoy cubriendo una noticia y necesitaría enterarme de algunas cosas.

—Sabes que no puedo...

—No es nada importante. Solo el nombre y los apellidos de un tipo que encontraron ahogado esta mañana. Y, si hay algún dato más que me puedas decir sin buscarte un problema, no me vendría mal. Algo sobre la vida del tío. Es que estoy ganando puntos y, la verdad, me vendría bien que me echaras una mano, Edi. Estoy más perdido que un niño probeta en el Día del Padre...

Sabía que la estrategia del hermano pequeño que pide ayuda al héroe solía funcionar con él. Y funcionó.

—¿El indigente del puerto?

—Ese mismo. Yo estaba allí cuando lo sacaron.

Se paró en seco y me miró. Le mantuve la mirada con algo de orgullo. Desde que a los cinco años metí su cómic de Aquaman en la pecera, no le había vuelto a sorprender así.

—Leche. A ver si te vas a estar convirtiendo en un periodista de verdad.

Continuamos caminando. Él con la cabezota alta y el paso firme. Yo mirando al suelo, con las manos en los bolsillos, arrastrando los pies.

—De todos modos, ahí no hay mucho, Nano. Un yonqui puestísimo que se cae al agua.

—Ya, eso parece. Pero te voy a contar algo: el tipo no era yonqui. Estuve hablando con los del barrio. Tenía una casa en la calle Benecharo, no sé en qué número exactamente, y les daba techo y comida a los que andaban peor. Por lo visto, aunque no trabajaba, tenía dinero y no se metía nada.

Meditó unos segundos sobre lo que yo acababa de decirle.

—Eso no cuadra demasiado.

—Pues no. Por eso estoy interesado.

Volvió a pensar durante un rato (o unos metros más). Luego chasqueó la lengua y dijo:

—Voy a ver de qué me entero en comisaría. Pero vamos a hacer un trato.

—Tú dirás.

—Yo te informo a ti y tú me vas informando a mí.

—De acuerdo.

Habíamos llegado ya a su edificio. Abrió la puerta del zaguán y se volvió hacia mí.

—¿Te subes y nos echamos una partida al *Counter Strike*?

—Lo estoy dejando. Además, tengo que currar.

Asintió con algo parecido a la tristeza, me dio una palmada en el hombro y desapareció dentro del portal. A veces, cuando se pone sentimental, me dan ganas de arrancarme un brazo para tener algo con lo que aporrearle el cráneo. Supongo que en el fondo es buen tipo y me tiene cariño y le da pena que no nos llevemos bien. Pero es que es demasiado facha. No puedo evitarlo.

9

30 A la mañana siguiente fui al puerto de Las Nieves, metí a Babieca en el vientre del *Fred Olsen Express* y subí a la cafetería. Edi me había llamado a primera hora para darme el nombre completo del Reverendo y decirme que ya se enteraría de algo más.

Para variar, me había puesto una camisa y unos zapatos. Los vaqueros eran los de siempre, e igual de hechos polvo, pero si uno camina deprisa, esas cosas no se notan. Llevaba, además, mi bolso bandolera. Siempre lo llevo. Cuando me lo regalaron, descubrí el placer de sentarme sobre mi propio culo, y no sobre la cartera, como había hecho durante años. Esas cosas crean cierta adicción.

Mientras me metía un bocadillo y un café con leche entre pecho y espalda (cuidando de no mancharme la camisa), comprobé la hora a la que me habían citado en el despacho de la persona cuya tarjeta de visita apareció en la Biblia del Reverendo. Había hecho la gestión la tarde antes, pretextando que quería una entrevista para una revista de actualidad. Calculé que desembarcaría en Santa Cruz con tiempo suficiente de llegar a la oficina.

Me había llevado un libro para leer durante la travesía. Era *La isla del doctor Moreau*. Iba de un científico chiflado que convertía a los animales en algo similar a las personas, y a la gente en algo parecido a animales. La isla estaba llena de individuos así, mitad personas, mitad bestias. Me dormí a mitad de un capítulo en el que tres náufragos en una balsa planean comerse entre sí. Soñé con el momento en que sacaban al Reverendo del agua y me daban la Biblia. En el sueño, mientras atendían al cadáver, yo me sentaba al lado, con la Biblia abierta, y me ponía a recitar salmos como si fuera un cura. Normalmente parezco un tipo frío al que no le impresionan demasiadas cosas. Pero supongo que por dentro las cosas me hacen pupa como a todo el mundo.

Cuando me desperté, el barco estaba punto de atracar y tenía en la cabeza una extraña clave: M13, 2. No supe en ese momento lo que podía significar. Aun así, la anoté en mi bloc.

10

Sus ojos tenían forma de almendra y el color del dulce de leche, con un cierre de persianas tan espectacular que te hubiera despeinado en tres parpadeos. Sus labios debían de saber a fresa y los dientes que mostraba su sonrisa profesional parecían de nata. Su pelo era del color del cabello de ángel, y se desplegaba por sus hombros en una melena de pequeños rizos.

Vamos, que la chica era muy apetecible. Pero ya estoy acostumbrado a que las mujeres apetecibles no me den ni bola. Y las no apetecibles tampoco. Así que, cuando se levantó para saludarme y me ofreció aquella pequeña mano de dedos largos y finos, supuse que habría recibido de igual manera a un mensajero. De todos modos, pensé que no la vería más de cinco minutos: ahora me recibía en la oficina del director de Comarfe, luego me haría pasar y después la vería un momento al salir, justo antes de marcharme para, seguramente, no volver a verla jamás. Me equivocaba en todo.

Al decirle mi nombre se había levantado de su silla tras el escritorio y, tras comunicarme que ya me esperaban, se había presentado, a su vez, con el nombre de Paula.

—Tendrá que aguardar un momentito. Ha surgido algo de última hora —agregó, ofreciéndome asiento en el sofá.

Me chocaba bastante que me tratara de usted una chica que debía de tener más o menos mi edad. Así se lo dije.

—Pues, entonces, nos tutearemos. Estupendo... —dijo ella, ampliando un poco más su sonrisa.

Creo que yo también me quedé con una sonrisa de imbécil tatuada en el rostro mientras me sentaba.

Deslumbrado por Paula, hasta ese momento no me había fijado ni en donde estaba. Era la antesala del pez gordo al que había venido a visitar. Si aquel era el puesto de la asistente (había llegado a aquella antesala tras pasar por varias secretarias), no quería ni imaginarme cómo sería el despacho: dos cuadros carísimos en las paredes, muebles de lujo, ordenador de última generación, sofá de piel auténtica. Vamos, lo mejor de lo mejor.

Paula había vuelto a su escritorio. La veía de perfil: su cuerpo menudo pero bien hecho (felicidades a su papá, su mamá y sus monitores de gimnasio), la camisa de seda blanca, la falda mínima, las medias color canela enfundando aquellas piernas perfectas. Continuó sonriéndome mientras pasaba un ángel gordísimo que dejó toda la estancia llena de confitura.

—Oye, perdona, no te he ofrecido nada de beber. ¿Te apetece un café o un refresco?

—No, gracias. Ya tomé un café con leche en el barco.

—Ah, viniste en barco...

—Sí.

—Yo también lo prefiero. El avión me da mucho *yuyu* —dijo, riéndose, un tanto avergonzada—. Cuando voy a Las Palmas, siempre cojo el *ferry*.

—¿Vas mucho a Las Palmas?

—Sí. Una vez al mes, por lo menos. Por trabajo.

La camisa me sentaba bien, al parecer. Me atreví a echar un lance, aunque aceptaba de partida que no tenía ninguna oportunidad.

—Yo voy a estar todo el verano en Las Palmas. Si algún día te sobra una horita y te apetece tomar un café...

El corazón me dio un vuelco cuando contestó:

—Te tomo la palabra. No conozco a nadie allí y a veces me tengo que pasar un montón de horas sola esperando a que salga el *ferry*, después de hacer gestiones por la mañana. —Miró el dietario que tenía ante sí sobre la mesa—. Fíjate, hasta tengo tu número. Lo grabaré en el móvil.

Ante mi estupefacción, sacó el móvil e hizo lo que había dicho. Estuve a punto de pedirle que me hiciera una llamada perdida, pero no quise tentar a mi suerte. La camisa me sentaba bien, pero no tanto. Cuando acabó, se hizo una pausa, en la que ella reflexionó sobre lo que habíamos dicho y yo intenté disimular que estaba nervioso como un mocoso el cinco de enero.

—El verano en Las Palmas. ¿Y después?

—Después a Madrid. Esto es solo un trabajo de verano, para que me salga rentable venir a ver a la familia.

—Ah, ¿vives en Madrid?

—Sí. Trabajo para una agencia allí.

De acuerdo: mentí como un bellaco. Ya que tenía una rendija abierta no lo iba a estropear ahora todo contándole que no era más que un estudiante en prácticas.

—Qué interesante...

Justo en ese momento, se escuchó un pitido en algún sitio de la mesa de Paula. Se levantó y dijo:

—Bueno, ya puedes pasar.

Me encaminé hacia la puerta que me señalaba, haciéndome la siguiente nota mental: «Cómprate más camisas, tronco».

11

Ezequiel Manrique Bosch. Por mal nombre Míster Ladrillo. Cincuenta y cinco años. Director general de Comarfe. Presidente de los consejos de administración de otras tres o cuatro empresas. Accionista de unas cuantas empresas más en los más diversos sectores: construcción, inmobiliarias, importación y exportación, distribución de productos alimenticios, subcontratas de servicios municipales. Casi no se podía nombrar un área de negocio en las Islas en la que no estuviera, en último término, la mano de Manrique Bosch recogiendo su parte.

En cualquier caso, todo había comenzado con Mambosa, una promotora inmobiliaria que había sido la base sobre la que luego se sustentara Comarfe, que hasta finales de 2006 había sido el segundo grupo de empresas de la construcción en volumen de negocio en el archipiélago.

Sin embargo, si te lo hubieras encontrado por la calle, no hubieras visto más que a uno de esos tipos de estatura mediana, con el pelo gris peinado con raya a un lado, una camisa cara no demasiado bien metida por el borde de un pantalón de pinzas y apestando a tabaco habano (que siempre me ha olido a orines de gato, por cierto).

Curiosamente, el despacho no era demasiado amplio. Tenía, además del escritorio, bastante funcional, una mesa redonda para reuniones y un sofá. En cuanto a decoración, una vitrina con distinciones y fotos (solo me fijé en una en la que Manrique Bosch daba la mano a un ministro) y un cuadro. Eso sí, el cuadro era nada menos que una arpillera de las de Millares. Yo nunca había visto uno de esos fuera de un museo. O sea, que, pasta, lo que se dice pasta, había por un tubo.

Cuando Paula me hizo pasar, Manrique Bosch estaba en medio de la estancia, sonriendo.

—Señor Castro. Encantado —me saludó con una sonrisa demasiado perfecta para no haber pasado por un protésico dental.

Al parecer, todo el mundo en aquella oficina era tremendamente amable y estaba contentísimo con mi visita. Puede que demasiado. De cualquier manera, la palabra «periodista» abre muchas puertas, aunque también cierre algunas. Estreché aquella mano sin un solo callo y de manicura reciente. Me pareció repugnante pero intenté esbozar, yo también, una sonrisa.

Tomamos asiento en la mesa de reuniones. A mi derecha, el amplio ventanal mostraba la Rambla de Pulido, con su trasiego habitual a esas horas. Señalé el cuadro que pendía de la pared tras el escritorio.

—¿Un Millares?

—Veo que aunque sea joven, entiende de arte. Sí, señor. Un Millares. Lo cedí durante un tiempo para una retrospectiva que organizó nuestra obra social. Quizá pudo verla.

—Creo que sí. ¿El año pasado?

—Exacto.

—Muy completa.

—Mi ayudante me dijo que quería entrevistarme para una revista —dijo sin perder la sonrisa, pero mirando su reloj de pulsera, que debía de costar lo que yo ganaría en un año o dos.

—Es más bien un periódico digital. *Realidad Canaria.* —Saqué de la bandolera una tarjeta y la puse ante él. Mientras la leía, aproveché para sacar la grabadora y la cámara de fotos.

—Ah, creo que lo he visitado —mintió descaradamente. Si hay algo que se me dé bien, es oler la mentira.

—Queremos dedicar una serie de entrevistas a personas importantes que se han hecho a sí mismas. Que sean un ejemplo para los jóvenes.

—No sé si yo podría ser un ejemplo —volvió a mentir.

—Vamos, no diga eso. Por supuesto que lo es. De hecho, cuando planeamos la serie, el primer nombre que surgió fue el suyo —mentí yo, que miento mejor que nadie—. Representa el esfuerzo y el éxito tras años de trabajo. Usted empezó con una pequeña promotora y ahora, fíjese.

Aunque yo sabía que al individuo le había decepcionado que yo no perteneciese a ningún medio importante, le di coba suficiente para que su ego le hiciera picar en el anzuelo.

Comencé a entrevistarlo, con la grabadora en marcha. Las preguntas eran sobre cosas que yo ya sabía: Cómo había ido ascendiendo; la forma en que había superado las crisis económicas de los últimos años; cómo veía el sector de la construcción en la actualidad; si temía alguna nueva crisis. Después le pregunté sobre la importancia de los proyectos de la obra social de Comarfe. Tú y yo sabemos que el único objetivo de esa obra es desgravar impuestos, pero qué se le va a hacer...

Cuando consideré que ya estaba lo suficientemente pagado de sí mismo y, por tanto, vulnerable, le solté la pregunta que le dio bajo la línea de flotación.

—Se dice que usted, personalmente, ha ayudado a personas necesitadas. Como, por ejemplo, a un indigente, por desgracia recientemente fallecido, llamado Andrés Ortiz Benítez. ¿Cómo se materializó esa ayuda?

Se le congeló la sonrisa en el rostro. La mantuvo, pero le costó bastante.

—Ahora mismo, no sé de qué me está hablando —mintió nuevamente.

—Lo llamaban el Reverendo. Lo encontraron ayer por la mañana. ¿No lo sabía?

—No. No me refiero a que no supiera eso, sino a que no he ayudado personalmente a ningún indigente, ni conocía de nada a ese hombre. Seguro que le han informado mal.

Me hice el despistado un momento. Consulté unos apuntes que tenía en mi bloc de notas (en realidad era una página en la que había anotado tres o cuatro cosas que debía comprar en el súper de vuelta a casa) y lo miré de hito en hito.

—¿Seguro que no conoce a nadie así? Era un hombre alto, con el pelo...

—Ya le he dicho que debe de estar mal informado —me interrumpió—. No sé nada de ningún ahogado.

Comenzó a ponerse nervioso y a mirar el reloj. Le hice unas cuantas preguntas más, acerca de las nuevas generaciones, y le pedí que diera un consejo a quienes comenzaban ahora a estudiar empresariales. Las respuestas ya no fueron tan extensas. Ya no se sentía cómodo. Yo ya no le caía bien.

Me despidió en la puerta, pidiéndome que cuando saliera la entrevista, por favor, avisara a Paula por *email*.

Cuando me fui, Paula no estaba en su mesa. Volví a pasar por todas las secretarias, en orden inverso a como lo había hecho al llegar y salí a la luz insultante de aquel agosto en la rambla.

Si Manrique Bosch hubiese reconocido al menos que conocía al Reverendo, todo hubiera sido más normal. Pero el hecho de que negara hasta el conocimiento de su existencia era precisamente lo que me llevaba a pensar que había algo gordísimo en todo aquel asunto.

Tenía noticia.

12

Bueno, no tenía noticia. Pero la tendría. Manrique Bosch escondía algo muy sucio. Si no hubiera sido sucio, no lo hubiese escondido. No sabía exactamente si ilegal. Pero sí, al menos, sucio.

Tomé el *fast ferry* de las cuatro. Tenía la cabeza llena con las posibilidades que se abrían. Si no hubiera ido tan zumbado pensando en esto, quizá me hubiera dado cuenta de que ya habían empezado a seguirme.

13

Regresé a casa a mediodía. Mi padre aún no había llegado. Mi madre salía para el hospital.

—Ahí tienes la comida, Jorge Luis —sí, me llamo Jorge Luis. ¿Pasa algo? Me lo pusieron por Borges, que no sé si te sonará, pero es un escritor que a mi madre le vuelve loca—. De primero hay un potajito.

—Gracias, pero tengo el estómago revuelto del barco, mamá —le contesté, dejando la bandolera sobre el sofá.

Me miró con esos ojos de gata que todavía tiene. Azules y profundos. Severos cuando le toca. Y, en ese momento, le tocaba.

—Pues te tomas primero una manzanilla para asentar las madres. Pero como yo llegue por la noche y esa comida esté ahí, ya sabes la que te espera.

Me miré la punta de los pies, como hago desde que era un retaco cuando me echa la bronca. Eso la ablandó y se avino a darme un beso antes de irse.

—Cuídate, hijo. Que si no luego no puedes rendir —añadió antes de coger el bolso y marcharse a apagar vaya usted a saber qué fuego.

Las madres molan. Sobre todo cuando te han dejado la comida hecha y se van a lo suyo.

Comí viendo la tele. Mientras engullía el potaje y el pollo frito que había de segundo, pensé en cómo aprovecharía la tarde. Lo primero, ir a ver al *tontolaba* de mi hermano, a ver qué tenía. Después, juntar lo que me diera con lo que lograra averiguar sobre el Reverendo. Tenía que tirar del hilo por ahí. Averiguar cuál podía ser la relación entre Manrique Bosch y aquel tipo tan extraño.

Estaba terminando de fregar los platos cuando llegó mi padre. Lo noté no solo por el ruido de la puerta al abrirse, sino por el bufido que da siempre al llegar y el golpetazo de su maletín sobre la mesa del comedor.

—¡Qué calor! —añadió hoy al bufido.

Salí de la cocina y me lo encontré con su camisa a cuadros y sus pantalones de pana. Tenía, como de costumbre, las gafas más empañadas que la ventanilla de una sauna y su gran cabezota calva perlada de sudor.

—Pero ¿cómo no vas a tener calor? Con esa camisa...

—Ya sé, hijo.

Mi padre es la única persona que conozco capaz de darle la razón a todo el mundo en todas las cuestiones, pero seguir haciendo exactamente lo contrario. Siempre me lo imagino con la mano en el fuego y diciendo: «Sí, sí... ya sé que me quemo. Debería quitar la mano», pero sin hacer el más mínimo amago de retirarla. Es un buen tipo. Callado, tranquilo, serio. Tiene un punto progre, porque tuvo una etapa de sindicalista. De hecho, cuando al Edi le dio por hacerse policía, se llevó un disgustazo. Ahora ya no va a reuniones del comité, pero se pasa la tarde en Internet, haciendo circular cartas de protesta y artículos contra las multinacionales. Mientras no le dé por tirar piedras...

—¿Ya comiste? —me preguntó.

—Sí. Potaje y pollo.

—Bien. Me comería un tigre —dijo arremangándose.

—Creo que mamá va a hacer uno al horno para cenar.

Se rio, me dio una palmada en el hombro y se metió en la cocina. Todos en casa nos hemos resignado siempre a la exageración culinaria de mi madre. Pero sarna con gusto no pica, porque cocina mejor que Arguiñano y Ferran Adrià juntos. Mi padre, en cambio, siempre ha sido incapaz de freír un huevo con la yema en su sitio, con lo cual asumió *motu propio* el rol de encargado de la limpieza desde el mismo día en que comenzaron a vivir juntos.

Bueno, y yo ahora me pregunto: ¿qué más te da a ti todo esto? ¿Por qué te cuento todas estas batallitas que pertenecen más bien a mi intimidad? Pues me voy a tener que parar a contestarme: porque ahora mismo, mientras escribo esto, no estoy en casa de mis padres en Las Palmas, sino en un pisito de Moratalaz y es invierno y hace frío y los echo un poco, solo un poquito, de menos y cambiaría el portátil en el que escribo por gastarle una broma a mi padre y comerme un potaje de los que hace mi madre. A ver si va a resultar que tengo mi corazoncito y todo.

Aunque ya vale de chorradas. Lo que tú quieres es enterarte de lo que ocurrió en aquellos siete días de agosto en los que estuve a punto de buscarme el odio. Así que sigo adelante. Prometo no volver a ponerme sentimental si no es estrictamente necesario. Que puede que lo sea en algún momento. He dicho.

14

Hay un quiosco modernista en el parque de San Telmo. Allí se encuentra instalada una terraza en la que dan cafés y tés, cervezas y cosas como nachos con guacamole, sándwiches, pulguitas y ensaladas. Cuando atardece, suele ambientarse: familias que van al parque para que los niños corran y se duerman pronto, parejas que hacen manitas, amiguetes que se citan allí después del trabajo y antes de volver a casa, señoronas y señorones que prolongan la merienda. Poca gente joven. Ellos están más abajo: *heavies, siniestros, emos* o simples *frikies* ocupando los bancos de piedra de las veredas del parque. Yo también tuve mi época. Ahora ya me puedo permitir pagar algo en la terraza. Aunque ese día me iba a colgar de Edi, que siempre se pone en plan hermano mayor.

Se había pedido una de esas *energy drinks*, esto es, uno de esos jarabes con gas que huelen a refresco de fresa caducado y vienen en una lata cuyo diseño imita a la forma de una pila doble A. Yo, aprovechando que pagaría él, me zampaba unos nachos con guacamole, con doble de guacamole y triple de nachos, mientras lo escuchaba hablar. Había hecho los deberes, eso estaba claro. Hasta me había traído una subcarpeta con la información que había podido recabar. (Leches, qué palabra más rara: «recabar»).

—La muerte se produjo por ahogamiento. Sobre la medianoche del domingo. Solo presentaba un traumatismo craneoencefálico.

—¿Dónde?

—¿Dónde va a ser, subnormal? En la cabeza.

—Sí, pero ¿en qué parte?

—El temporal derecho. Lo más probable es que se golpeara con algún saliente del muelle al caer.

—Si fue desde allí desde donde cayó. Pudo ahogarse en otro sitio y la corriente lo arrastró hasta allá.

—También puede ser —dijo Edi, sin dar más importancia al asunto—. Pero todo apunta a una muerte accidental. De todos modos, ahí te informo de todo lo que sé sobre este tipo. Se llamaba Andrés Ortiz Benítez, era de Las Palmas y tenía cincuenta y dos años. Tenía antecedentes: dos años en prisión. Salió en el 2000.

Entre nacho y nacho, me chupé los dedos y abrí la subcarpeta, para preguntarle:

—¿Qué hizo?

—Estafa y falsedad documental.

Lo miré con suficiente perplejidad como para que siguiera explicando.

—No sé cómo te lo oliste, pero diste en el clavo, hermano. Tenías razón: resulta que el pordiosero no era tan pordiosero.

No sé exactamente por qué, pero me molestaba que Edi lo llamara así. Igual es porque el hecho de que la vida te ponga debajo de un techo o debajo de un puente no es más que cuestión de suerte, y porque me mosquea que se menosprecie a quien es igual que tú, solo que con menos fortuna.

—Al grano, Eduardo.

—Al grano. Ortiz era un tipo de familia bien. Fue seminarista, pero se salió y se fue a estudiar arquitectura. No pasó de aparejador, por lo visto. En el ochenta y nueve se puso a trabajar con un arquitecto de aquí. Hasta el noventa y dos. ¿Qué pasó en el noventa y dos?

—Seguro que me lo vas a decir enseguida.

—El hotel Lorenamar.

—Me suena.

—Y tanto que te suena. Se derrumbó un ala completa. No sé cuántas víctimas, pero por lo menos diez.

—¿Y este hombre tuvo algo que ver?

—Ni idea. Pero la responsabilidad penal recayó sobre el arquitecto y lo defenestraron.

—¿Y después?

—Se quedó en paro, por supuesto. No pudo volver a ejercer. Y no se sabe nada más de él hasta lo de la estafa. Se metió a trabajar en una inmobiliaria y vendió unos pisos que no existían. La cosa es que después de salir del talego, empezó a vivir en esa casa de la calle Benecharo, que, al parecer, era herencia de una tía, o una tía abuela suya.

—Pero, entonces —aventuré—, tenía pasta de la familia.

—De la familia no. La herencia era solo la casa. En cuanto al resto de la familia, este tipo era la oveja negra. Sus padres murieron ya y sus hermanos no querían saber nada de él, por lo visto.

—Pues, si no trabajaba, ¿de dónde sacaba la pasta?

—Eso es lo más extraño de todo. Agárrate los machos, porque aquí viene algo que te va a impresionar, Gordo. Resulta que alguien le pagaba un sueldo de dos mil euros mensuales.

—¿Quién?

—Ya te dije que era extraño, Nano. Una imposición en sucursal bancaria, entre el uno y el cinco de cada mes. Desde el mismo mes en que salió de la cárcel. Y siempre desde la misma sucursal.

—¿Se sabe cuál?

—Una de Franchy Roca. Ahí están los datos.

Lo comprobé. Por supuesto, no te voy a decir qué banco era. Por lo demás, resulta poco relevante para todo lo que te estoy contando. Pero aún conservo una copia del extracto de cuenta, sobre el cual, por cierto, Edi me advirtió:

—Acuérdate de que todo esto es confidencial, Nano. Me puedo buscar la ruina.

—Que sí —rezongué, antes de untar el último nacho y abalanzarme sobre él sin misericordia.

Luego seguí mirando el siguiente documento de la carpeta y encontré la fotocopia de un formulario bancario cumplimentado a mano. Edi se fijó en que yo lo miraba con asombro.

—Para que veas... hasta te he conseguido el formulario del mes pasado. Los de la sucursal aún no lo habían destruido. Lo hacen una vez al mes.

En efecto, era una imposición de dos mil euros a cuenta, con fecha 4 de julio de 2007 y, como identificación del impositor, solo figuraban dos iniciales: PC. Me pregunté de quién se trataría, porque no parecía muy plausible que el Partido Comunista lo tuviera a sueldo.

—Y ahora, mi querido hermano, y, sin embargo, amigo, creo que ha llegado el momento de que sueltes prenda.

—¿Qué quieres decir?

Me miró con suspicacia.

—Vamos a ver: si tanto te interesa este tipo, por algo será. Y mamá me dijo que esta mañana fuiste a Tenerife para algo del trabajo. Tú no eres más que un machaca, así que debe de ser que tienes algo importante que no me has dicho. Yo he hecho mi parte. Así que ya estás largando. ¿A qué viene todo esto?

Se las daba de listo. Sé que no lo es. Pero, esta vez, iba acertando. Al menos por el momento. Aun así, intenté escabullirme.

—Ya te dije que hablé con los del barrio y me pareció muy raro que, llevando las pintas que llevaba, no fuera yonqui ni alcohólico ni viviera en la calle.

—Y yo me chupo el dedo. Si hablaste con los del barrio, por algo fue. Un trato es un trato, Gordo.

Tosí. Siempre toso cuando me quedo en evidencia. No sé por qué. Ni puedo averiguarlo ahora. Mi psicoterapeuta está de baja por depresión.

—Cuando lo encontraron, antes de que llegara la policía, los que estábamos allí rebuscamos entre sus cosas, a ver si había algún tipo de identificación. Y Ortiz tenía una Biblia.

—Eso ya lo sé.

—Y era una Nácar Colunga.

—¿Lo qué? —preguntó Edi con cara de besugo con cistitis.

—La edición que suelen usar los curas.

—Ah.

—Y eso cuadra perfectamente con que hubiera sido seminarista.

—Pero hay algo más, ¿verdad?

Ya no podía escaquearme más. Saqué la tarjeta, ya seca del todo, y la puse ante él.

—Esto estaba dentro de la Biblia.

Edi, sin perder su expresión atontada (cada uno como lo que es), preguntó:

—¿Y quién es este?

—Ezequiel Manrique Bosch. Está tan forrado que mea champán.

—¿Y?

—No me irás a decir que te parece normal que alguien como el Reverendo tuviera la tarjeta personal de un tipo como Manrique Bosch —el muy melón no había visto nada raro en todo aquello justo hasta aquel momento—. Estos dos tenían algún tipo de relación. Lo que quiero averiguar es cuál.

Hay que decir algo sobre mi relación con mi hermano: cuando estoy en su compañía, me siento físicamente seguro. Desde que éramos niños, siempre le rompió indefectible y concienzudamente la jeta a cualquiera que se atrevió a meterse conmigo. Por eso, porque me sentía seguro en ese momento, no miré a mi alrededor. Si lo hubiera hecho, me hubiese percatado de lo peligroso que era el asunto en el que estaba metiendo las napias, porque, de eso estoy seguro, los perros ya estaban allí, siguiendo mi rastro.

15

Con la información que Edi me había dado, llegué a casa y puse el ordenador a calentar. Estaba cansado. Había madrugado para ir a Tenerife y estaba más cansado que el logopeda de Jesulín de Ubrique. Pensé que una ducha y un café con leche calentito me pondrían otra vez en forma.

La ducha no estuvo mal, pero el café con leche se merecía algo para acompañar y asalté la despensa. Así que, un bocadillo de chorizo y queso y dos trozos de bizcochón más tarde, me senté al ordenador, dispuesto a averiguar casi todos los detalles de la vida de Andrés Ortiz Benítez, alias Reverendo. Ya te conté que en *Realidad Canaria* ejercía, sobre todo, tareas de documentalista. Así que si hay alguien que sepa cómo encontrar información, ese soy yo.

A las tres y media de la madrugada ya tenía un montón de cosas sobre Ortiz. Fecha y lugar de nacimiento, estudios realizados, centro en el que los realizó, familia conocida. Incluso el teléfono y la dirección de uno de sus hermanos. Antes de irme a dormir tenía ya media vida del difunto en la subcarpeta en la que había unido mis propios descubrimientos a los que me había dado mi Harry el Sucio familiar. Y, sin embargo, aún no sabía exactamente qué podía relacionarlo con Manrique Bosch.

Me metí en la cama con *La isla del doctor Moreau*. Bueno, ya sé que hay mejores compañías para la cama, pero, con mis pintas y mi éxito, me acostumbré hace años a encamarme con un libro. El problema es que este era demasiado adictivo y yo lo que necesitaba era algo aburrido para relajarme y dormirme. H.G. Wells engancha. Eso está claro. Me terminé el libraco antes de planchar la oreja. Por cierto: novelón.

16

Eso sí, dormí menos que el niño de *El sexto sentido* después de comerse una garbanzada. Pero a las nueve en punto de la mañana, entré en la redacción con la subcarpeta bajo el brazo, haciéndome el interesante.

No he hablado demasiado de mis compañeros de redacción. Hablaré poco, porque tampoco pintan mucho en esta historia y, como ya habrás notado, no había demasiado buen rollo entre nosotros. Tampoco es que los odiara. Simplemente, hubiera deseado que los partiera a los tres el mismo rayo. Y pienso que ellos sentían lo mismo por mí.

Cuando el miércoles atravesé la redacción, la tensión podía cortarse con un cuchillo. Pablo y Ayose respondieron a mi saludo con un rencor de reojo, como si yo no supiera que estaban más interesados en el aparente trato de favor que se me estaba dando que en lo que quiera que estuvieran haciendo en ese momento en sus ordenadores.

Sé que les molestaba y les daba pelusilla mi patente de corso (para los de ciencias: tener patente de corso es tener permiso para hacer lo que te dé la gana).

Olga, por su parte, salía en ese momento de la oficina de Viera y me saludó con una alegría y una amabilidad demasiado grandes para resultar sinceras. Incluso se preocupó por mis ojeras.

—Gordo... tienes que descansar más, chiquillo —me dijo poniéndome una mano en la mejilla antes de volver a su puesto.

Confieso que me quedé bastante perplejo. Unos segundos después, reaccioné con un alzamiento simultáneo de cejas y hombros y avancé hasta la puerta del despacho del jefe.

—¿Y bien? —me preguntó Viera en cuanto me senté, como respuesta a mis buenos días. Debía de tener una mañana chunga.

—El individuo negó que lo conociera —le respondí.

—Entonces, se acabó —dijo rascándose la cocorota.

—No —me mantuve firme, poniendo la subcarpeta sobre su escritorio—. Todo lo contrario.

—Explícate.

—Bueno, para empezar: el individuo es Ezequiel Manrique Bosch.

Viera soltó un taco de admiración. Le había dado en todo el hígado.

—Después de hacerle la pelota un ratito —proseguí—, le ataqué con lo del Reverendo, que, por cierto, ha resultado ser un tipo muy interesante.

—¿Y?

—Pues que, cuando se lo mencioné, se puso muy nervioso. Y me dijo que él no sabía de ningún ahogado.

—¿Y? —repitió Viera, exasperándose un pelín.

—Que yo no le dije que se hubiera ahogado.

Como siempre que realizaba el, para él, complicadísimo ejercicio de reflexionar, Viera se pellizcó el mentón.

—Oye, Gordo —dijo finalmente—, ¿qué es lo que puede haber en todo esto?

—Te digo lo que sé. El Reverendo llevaba una tarjeta personal de Manrique Bosch. Murió ahogado, pero tenía un golpe en la cabeza. A la policía le parece normal, aunque seguro que es porque era un pobre diablo. Si llega a ser un tipo de dinero, un empresario o un político, ya no les parecería tan normal. Por otro lado, Ortiz Benítez había estado mezclado en chanchullos: en una estafa inmobiliaria hace unos años y, todavía antes, en lo del hotel Lorenamar.

—¿El que se cayó?

—Sí señor.

—Murió gente.

—El Reverendo trabajaba en el estudio del arquitecto que firmó la obra.

Viera hizo memoria.

—El arquitecto siempre juró y perjuró que, según sus cálculos, todo estaba en orden.

—Pues el Reverendo era aparejador en su estudio —hice una pausa teatral, que apuntalé con un gesto de la palma alzada ante el jefe, para preparar el terreno de mi próxima información—. Y ahora viene lo mejor: al difunto, desde que salió de la cárcel hace seis años, alguien le ingresaba dos mil pepinos todos los meses.

—O sea, que, de indigente...

—De indigente, nada.

—¿Y quién se lo ingresaba?

—Bueno, yo me juego la melena a que era Manrique Bosch.

—Podría ser...

—Lo que está claro es que suena al pago de una deuda. O de un chantaje. A compra de silencio. Así que lo que deberíamos averiguar es qué es lo que sabía el Reverendo que pudiera valer tanto dinero.

Viera hizo otra pausa para pellizcarse el mentón. Esta vez fue más larga. Se levantó, fue hasta la ventana y miró por ella, a la calle San Bernardo, con su trasiego matinal. Miró también al ático de enfrente, al estudio de la pintora a la que todos en la oficina (menos Olga, que nos odiaba minuciosamente por ello) solíamos espiar, porque pintaba desnuda, pero que a estas horas aún debía de estar en el primer sueño.

—Todavía no hay nada publicable.

—Todavía no. Pero no me digas que no tiene toda la pinta.

—Sí, sí que la tiene —se vio obligado a reconocer—. ¿Por dónde vas a empezar?

—Por lo del hotel.

—Busca al arquitecto. Si se comió un marrón que no era suyo, te soltará todo lo que sepa.

La verdad es que a veces Viera me sorprendía, porque parecía inteligente y todo. Me levanté y cogí la subcarpeta. Antes de marcharme, Viera llamó mi atención.

—Espera un momento, Jorge. Por lo menos, actualiza el *blog*, hombre, que lo tienes muerto.

—De acuerdo, jefe.

Esto lo dije mientras me daba la vuelta para salir del despacho y pensaba que, al *blog*, que le frieran un huevo.

17

60 En la tienda de decoración con la que el arquitecto se ganaba ahora la vida había de todo. Sobre todo cuadros. O copias de cuadros. También cómodas, estanterías, jarrones, portarretratos, figuritas, lámparas, biombos decorados, paragüeros, atriles de lectura... El arquitecto me condujo al fondo de la tienda, donde tenía instalado su escritorio. Allí esperé mientras atendía a la clienta (una señora bastante pija) y aproveché para observarlo.

Debía de tener unos cincuenta bien despachados. Básicamente, era un hombre chiquitín. Bajito y delgado, con el pelo castaño donde ya aparecían mechones grises, peinado con la raya a un lado. Con gafas de montura de pasta y tez macilenta. Sus manos también eran muy pálidas y parecían bastante delicadas. Llevaba una camisa blanca con rayas azules, con los faldones perfectamente metidos en unos chinos de tejido sintético, y unos mocasines negros de brillo impoluto. Su afeitado también era perfecto, alrededor de unos labios finos.

Así que, chiquitín y delicado como era, su voz resultaba sumamente extraña, porque era una voz muy varonil, grave, casi gutural. Eso no lo noté hasta que la empleada volvió del desayuno y el individuo la dejó atendiendo a la clienta (tan pesada que te daban ganas de pagarle para que se callase) antes de venir a sentarse al otro lado del escritorio.

Tras pensárselo un momento, preguntó:

—A ver, hijo, ¿qué es lo que quiere saber sobre lo del Lorenamar? —me trataba con una mezcla de cortesía y familiaridad. Amable, pero sin dejar de constatar que, efectivamente, yo era un pipiolo y él hubiera podido ser mi padre.

—Qué fue lo que ocurrió realmente.

—Eso estuvo en los papeles. Se derrumbó un ala completa cuando aún no hacía un año que se había inaugurado. Según la investigación, yo tuve la culpa. Me echaron del colegio y me buscaron la ruina para siempre. Fin de la historia.

Obviamente, era un hombre acabado, uno de esos tipos a los que se lo han quitado todo. Eso se hacía evidente en la manera en que sus ojillos iban de un lado a otro de la habitación mientras contaba su desgracia.

—De la historia oficial —supuse en voz alta.

—Efectivamente. ¿Por qué ahora ese interés?

—Verá: ha muerto alguien que, al parecer, también estuvo implicado. Se llamaba Andrés Ortiz Benítez.

El arquitecto casi ni se inmutó al decir:

—No sabía que hubiera muerto.

—Sí. Apareció flotando en el muelle anteayer.

—Ah, ¿el indigente?

—Sí. Era Ortiz.

—Bueno, no me extraña que terminara así. Pero sigo sin entender a qué viene resucitar todo aquello.

—Estamos interesados en la vida de ese hombre. Era una persona peculiar: vivía como un pordiosero pero tenía dinero.

—Tampoco me extraña que tuviera dinero. A la gente ruin nunca le falta de nada.

—No le entiendo.

—Andrés era una rata.

Aquello, francamente, me sorprendió. Me había hecho otra imagen del Reverendo. Quizá me había influido demasiado lo que me había contado Chano. Después de todo, había estado en la cárcel por estafa.

—¿Una rata? —le pregunté al arquitecto, para tirarle de la lengua.

—Sí, señor. Ya sé que no hay que hablar mal de los muertos, y todo eso. Pero yo estoy seguro de que fue él quien...

Se paró un momento. Evidentemente, necesitaba explicarme algo antes de continuar:

—Vamos a ver: el dictamen fue que el derrumbe se había debido a deficiencias estructurales. Por eso el marrón me cayó a mí. En el juicio se mostraron los planos y, efectivamente, había un error de cálculo. Pero en mi libro de órdenes, el cálculo era el correcto. Esto es, que alguien cambió esos planos. Y solo pudo ser Ortiz.

—Pero, supongo que si figuraba en el libro de órdenes...

—La cosa es que aquellos planos también llevaban mi firma. Así que, ante la duda, dieron por buenos los planos. Alguien tenía que cargar con las culpas. Y me tocó a mí. El constructor se fue de rositas. Me hundieron la vida.

—Una cosa que no entiendo: ¿por qué haría Ortiz una cosa así?

—En mi opinión, el constructor lo tenía untado. Pero se fastidió, porque a él también lo salpicó la porquería y ya no pudo dar marcha atrás.

—O sea, que, según usted, el responsable fue el constructor.

—Claro que fue el constructor.

—Equivocó las medidas...

El hombrecillo me soltó una sonrisa de suficiencia, como si quisiera decir: Bendita sea la ignorancia.

—No fue asunto de medidas. Fue asunto del hormigón.

Mis conocimientos acerca del hormigón, a no ser que se estuviera refiriendo a una hormiga con sobrepeso, llegaban a que era duro. Se me debió de notar en la cara, porque adoptó una actitud que me recordaba a la de don Arturo, mi profe de Física y Química en Bachillerato, cuando me llamaba alma de cántaro antes de corregirme un problema.

—El hormigón armado tarda veintiocho días en fraguar. Quiero decir: cada vez que se arma una estructura, hay que esperar ese tiempo para seguir trabajando. Es lo que marcan las especificaciones y lo que la ley exige. Si no se espera ese tiempo, la plasticidad y la resistencia no son las mismas y se corre el riesgo de que la estructura no soporte el peso.

—Entiendo —mentí, porque sospechaba que lo más importante no era eso y quería que llegara de una vez hasta allí.

—A los constructores no les gusta esperar tanto. Ellos piensan en la rentabilidad y cada día de obra parada les cuesta dinero. Así que lo que hacen a veces es añadirle aceleradores al hormigón para que fragüe más rápidamente. Por ejemplo, cloruro cálcico. Por supuesto, la apariencia del hormigón es muy sólida. Pero ya no tiene la misma capacidad de resistencia.

—Y usted piensa que en el caso de Lorenamar alguien mezcló el cloruro ese con el hormigón.

El arquitecto asintió.

—Estoy casi seguro. Con un hormigón bien tratado, mis cálculos eran los correctos. Lo dije en el juicio, pero cuando se presentaron como prueba los planos que Ortiz le dio a la fiscalía, no me hicieron caso. Pensaron que yo solo quería escaquearme de mi responsabilidad. Recurrí, pero nadie me hizo caso. Todos me señalaban como culpable. Me hundieron.

Su mirada de hurón se había quedado clavada sobre la superficie de la mesa, donde un calendario hacía las veces de tapete. Se quedó callado durante unos segundos, como si yo no estuviera allí. Si lo que me estaba contando era verdad, resultaba muy normal. Me imagino que había dedicado toda su vida a estudiar una carrera y ejercer una profesión de la que se le había expulsado con deshonor. No se me ocurre que pueda pasarle a alguien algo peor que vivir para una cosa y que se la arrebaten. Para romper el silencio, dije:

—¿La constructora era la de Ezequiel Manrique Bosch?

Me miró con sorpresa. Al principio no comprendía lo que le preguntaba. Parecía más perdido que un fontanero en un circo. Luego esbozó una sonrisa tristona y negó con la cabeza.

—No. No sé ni quién es ese tipo.

Mi gozo en un pozo. Yo que pensaba que ya tenía artículo...

—Gescasa. La constructora se llamaba Gescasa.

Lo escribió en una esquina del almanaque, la arrancó y me dio el trozo de papel. Después me miró fijamente.

—No te vas a preocupar de resucitar este asunto, ¿verdad?

Me enfrenté a aquella mirada de hombre concluso a quien lo único que le queda es el rencor. A su gesto pesimista. A sus palabras, que se habían quedado flotando entre nosotros como una mancha de gasolina en un charco de agua. Quería contestarle algo que lo reconfortara, pero, al mismo tiempo, pensé de pronto que quizá estaba ante un homicida.

—Si está relacionado directamente con la muerte de Ortiz, sí.

—¿Con la muerte de Ortiz? ¿Piensas que lo mataron?

—Empiezo a sospechar que sí. Y a preguntarme quién se hubiera alegrado de su muerte.

Todo cambió en su mirada una vez más. Pero esta vez fue un brillo lo que apareció en ella, un fuego que me puso los pelos de punta mientras su boca esbozaba una sonrisa amplia que acabó convirtiéndose en una carcajada de hiena, después de que el arquitecto dijera:

—Ponme el primero de esa lista.

18

En la lista estaba, en primer lugar, Manrique Bosch, aunque simplemente por su reacción ante mis preguntas y por la tarjeta. En realidad no había nada que lo acusara directamente. También estaba cualquiera de las víctimas de la estafa inmobiliaria por la que el Reverendo había estado en la cárcel. Unos diez, por lo que había visto. Pero me parecía que más de ocho años era mucho esperar para, de repente, venir a vengarse. Incluso pudiera ser que lo hubiera golpeado, para robarle, cualquiera de los yonquis a los que él mismo ayudaba a sobrevivir. Un mal mono es un mal mono, según me han dicho. Ahora acababa de añadir al arquitecto. Sin embargo, pensé, con no poco sentido común (a veces lo tengo), que de haber sido él quien matase al Reverendo, hubiera, al menos, disimulado un pelín. Y, por otro lado, ocurría lo mismo que con el segundo grupo de sospechosos: ¿esperar dieciséis años para ir a por Ortiz? La venganza es un plato que se sirve frío, pero no podrido.

Quizá tuviera que comenzar por saber quién era realmente Andrés Ortiz Benítez. ¿Era aquella especie de san Francisco de Asís que Chano me había descrito? ¿O se parecía más al bicho ruin y egoísta que Edi y el arquitecto me mostraban? Pero, me pregunté también, ¿por qué tenía que ser una cosa u otra? ¿Por qué no podía ser las dos, alternativa o, incluso, simultáneamente?

Imaginé a Andrés Ortiz Benítez, una sabandija traidora y estafadora, saliendo a la calle con el tercer grado penitenciario, despojado de todo, salvo de sí mismo y, aun así, al mudarse a vivir a La Isleta, comprobando que hay quienes tienen todavía menos que él, porque no se poseen ni a sí mismos por causa de las drogas.

Lo imaginé descubriéndose en los otros, reconociéndose en ellos, sintiéndolos sus hermanos, convirtiéndose, poco a poco, gesto a gesto, en el Reverendo.

Pero si a ese Reverendo lo habían matado (cosa que, reconozcámoslo, en ese momento solo era segura en mi mente), el móvil únicamente podía estar relacionado con el anónimo benefactor que cada mes le ingresaba la pasta calentita. Muy probablemente, sabía demasiado sobre algo y ese dinero compraba su silencio. No obstante, si llevaban ocho años cumpliendo lo que parecía un acuerdo, ¿por qué ahora?

Cuando llegué hasta Babieca ya estaba convencido de haber perdido el tiempo. Un tipo raro, que debía de estar medio chiflado, se cae al agua con mochila y zapatos. Fin de la historia. Fin del artículo y fin de la patente de corso.

Ya le había quitado el candado a la cabra y me disponía a ponerme el casco cuando me quedé parado, pensando, en medio de la mañana que derramaba su luz por toda la calle, mientras el tráfico del estío raleaba junto a mí (siempre había querido escribir una frase así).

Fue como una corazonada lo que me llevó a sacar el móvil de la bandolera y comprobar si tenía algún mensaje que no había oído. Y sí, tenía un mensaje, que hizo que me derritiera allí mismo, que casi me nubló la vista y me hizo pensar que, de haberme caído en ese momento en un pajar, me habría clavado la aguja en el culo. El mensaje decía: STOY N LP. TOMAMOS KFE? XD BSOS. PAULA.

19

La calle Peregrina es una pequeña calle peatonal que hay en la zona antigua de Las Palmas. Allí, cerca de una de las tiendas que solía frecuentar buscando cómics y libros de rol, hay una tetería *chill out*. Es un largo corredor decorado con motivos budistas, con iluminación muy tenue y olor a sándalo. Te colocan una velita en la mesa y te traen la infusión en teteras de metal. El sitio está muy bien para intimar. Allí fue donde quedamos Paula y yo. Pero no sabes lo mejor: fue ella quien lo eligió, porque quería saber cosas sobre mí en un lugar donde nadie nos molestara. Eso me lo dijo después de encontrarnos en la puerta, entrar y pedir té de bergamota.

Para entonces, yo ya tenía los pelos de punta, la carne de gallina, los poros erizados y añade tú lo que quieras a esa sensación de «estoy viviendo un sueño y tengo miedo de que se acabe» que te invade cuando te acercas a alguien que te gusta. Seguro que te ha pasado, así que no te lo describo más.

Lo que sí que se merecería una descripción es la misma Paula, con su camisilla color anaranjado, su minifalda vaquera y sus piernas enormes de largas, que terminaban en unos tenis color chicle que le daban un aire de quinceañera que mataba. Sin embargo, si hago esa descripción, me voy a poner tan malito que no podré seguir escribiendo, así que la dejo también a tu imaginación.

La muy bandida sonreía y me miraba de una manera que me desarmaba completamente. No paraba de hacer preguntas sobre mí: lo que hacía, qué cosas me gustaban, qué cosas no. Y, a cada pregunta, hacía una nueva que iba cerrando campo sobre cada aspecto. Por ejemplo, me preguntaba si me gustaba leer. Yo decía que sí. Entonces, se interesaba por el tipo de libros que me gustaban. Cuando yo contestaba que me gustaban mucho los de terror, los de misterio y los policíacos, inquiría por los autores. Y al responder a esto, acababa encontrando uno que ella había leído o conocía, procediendo, entonces, a hacerme preguntas sobre uno de sus libros en concreto.

Así pues, era ella quien ejercía de periodista y yo solo un pobre diablo que cada vez babeaba más. Eso sí, metafóricamente hablando, porque estaba tan nervioso que la boca se me había secado. En algún momento lo notó y dijo:

—El té te ha secado los labios.

Ahí pensé: momento de elegir entre tirarse a la piscina o quedarse mirando como un bobo. Así que contesté:

—No es el té. Es que estoy nervioso. ¿Sabes por qué los antiguos guerreros escupían al rostro de sus enemigos?

—No.

—Pues porque el miedo seca la boca. Así demostraban no tener miedo. Yo, en este momento, no podría escupirte.

—¿Tienes miedo? —dijo esto mirándome, seductora, maliciosa, y agregó, muy lentamente, cuando yo asentí—: ¿Y por qué tienes miedo?

En ese instante pensé que me la jugaba de verdad. Y, cuando uno se la juega, siempre es mejor ir de frente y dar un cabezazo. Por supuesto, no le di un cabezazo a la pobre chica. En cambio, le dije:

—Tengo miedo porque me gustas y quiero gustarte.

—¿Y dónde está el problema?

—El problema está en que yo soy un tipo cutre y gordo y tú eres muy sofisticada y, además, estás muy buena. Y me da miedo.

Se aproximó un poco más a mí.

—¿Qué te da miedo?

—Hacer algo que lo estropee y no gustarte.

—Ahora mismo, solo hay una cosa que podría hacer que dejaras de gustarme.

—¿Cuál?

—Que me escupieras a la cara.

Ambos soltamos la misma carcajada al mismo tiempo. Cuando esa carcajada cesó, convirtiéndose en una sonrisa (la mía de idiota, la suya de diosa), no sé cómo, pero ella me estaba acariciando la mano. Con aire de ensoñadora, dijo, muy suavemente:

—Es una suerte que fueras precisamente a hacerle una entrevista a Ezequiel. Si no, fíjate, hubiera sido muy difícil que nos hubiéramos conocido. Lo que es el azar.

Reflexioné sobre eso unos instantes. Después, dije:

—Pues sí. Por cierto, yo te he contado todo de mí y tú aún no me has contado nada sobre ti.

—Pregunta lo que quieras —dijo, apoyando su cabeza en mi hombro.

—Por ejemplo, no debes de tener más de veinticuatro años.

—Veintiséis.

—Está claro que no los aparentas.

—Gracias.

—No hay de qué. Aun así, eres muy joven y eres ya asistente de un tipo como Manrique Bosch. ¿Qué estudiaste?

—Estudié Derecho y luego hice un máster en Administración de Empresas.

—Pero has subido como la espuma —dije, y añadí con no poca mala uva—: ¿No te llamarás Paula Manrique Bosch, por casualidad?

Se rio, con una risa deliciosa, por cierto. Me dio un capón suavecito y se separó para mirarme de frente.

—Mira que eres malo... No. Paula Cobo Medina. Aunque no te equivocas demasiado: Ezequiel es amigo de mis padres desde siempre. De hecho, es el padrino de mi hermana.

—Ya.

—Pero, que lo sepas, no he tenido ningún trato de favor. Empecé en la empresa como auxiliar administrativo y fui ascendiendo poco a poco. Cuando este puesto estuvo vacante, Ezequiel pensó en mí.

—¿Y cuánto llevas en este puesto?

—En septiembre hará un año. ¿Alguna pregunta más? —inquirió con pinta de estar dispuesta a satisfacer mi curiosidad en cualquier aspecto.

Mientras cruzábamos las últimas frases, yo había estado pensando, procesando toda la información que iba proporcionándome, contrastándola con el hecho increíble de que una chica como aquella pudiera estar interesada en mí y además, tomara la iniciativa como si yo fuera Orlando Bloom y ella una fan arrojabragas. Ahora, en los segundos que transcurrieron desde que hizo esa pregunta, mezclé todo aquello con lo que sabía o sospechaba acerca del Reverendo y le solté a bocajarro.

—Sí. Tengo otra pregunta: el ingreso que le hacías cada mes a Andrés Ortiz Benítez, ¿era en billetes grandes o pequeños?

Le cambió la cara y supe, con tristeza, que yo tenía razón: los tipos como yo no gustamos a mujeres como aquella. Y las mujeres como aquella no se lanzan sobre un tipo como yo a no ser por alguna razón que no tiene nada que ver con el atractivo. Además, como ya dije, tengo buen olfato para la mentira y su forma de acariciar mi mano con la suya (que en ese momento retiró como si se hubiera quemado), aunque en principio me deslumbrara, era más falsa que una moneda de chocolate.

Se había quedado muda, completamente desorientada, y algo, quizá el fuego que brotaba de aquellos ojazos, me decía que, en su interior, se acordaba de mi familia y me escupía en el nombre. Aproveché que estaba descolocada y seguí hablando.

—Vamos, ¿no te acuerdas? Te refrescaré la memoria. El último lo hiciste en julio. El día cinco, creo. En una sucursal de la calle Franchy Roca. Y firmaste, como casi siempre, con tus dos primeras iniciales: P.C.

Creía que tenía la sartén por el mango, pero la muy ladina se sobrepuso sobre la marcha. De pronto, recuperó el temple y pareció tener muchos años más, al escupirme:

—No sabes dónde te estás metiendo, amiguete.

—Eso es verdad. Pero voy a acabar enterándome de todo.

Intentó levantarse, pero la aferré por la muñeca.

—Me haces daño —se quejó.

—Ya lo sé. Y te vas a estar aquí tranquilita y vamos a seguir conversando con tranquilidad.

—¿Y, si no, qué? —me desafió.

—Si no, mañana estás en los papeles. O a lo mejor en comisaría. Mi hermano es policía.

Nunca había empleado lo del hermano policía, pero, por lo visto, funcionó. Miró hacia la puerta del local, a solo un par de metros. Volvió a mirarme a mí y, finalmente, se quedó quietecita. Le solté la mano y ella se sirvió más té. Debió de pensar que sabía más de lo que sabía. La había sorprendido que conociera tantos detalles sobre los ingresos. Por supuesto, tú y yo sabemos que hasta hacía unos minutos, no sabía exactamente nada a ciencia cierta; que solo su reacción la había delatado y arrojado luz sobre ese aspecto del tema.

—¿La idea era averiguar lo que sé? ¿O engatusarme para que dejara el asunto?

Contestó con cinismo, endulzando su té, sin mirarme:

—Un poco de las dos cosas.

—Cariño, estás buena. Pero no estás tan buena —repuse, con un cinismo aún mayor y tono de perdonavidas—. Y yo, puede que esté muy salido, pero tampoco lo estoy tanto. Esta es la noticia de mi vida y no la voy a soltar.

—Te lo vuelvo a decir: no sabes dónde te estás metiendo. Además, confiésalo, andas perdidísimo.

—¿Tú crees? Mira, por lo pronto, sé que Ortiz sabía algo muy gordo sobre tu jefe. Y que tú venías cada semana a Las Palmas a ingresarle dos mil euracos. También sé que ese ingreso se hacía desde antes de que tú entraras en la empresa. Y que lo que Ortiz sabía tenía que ver con algún chanchullo.

Hice una pausa para tomar un sorbo de té.

—Sé algunas cosas más que no voy a decirte porque no soy tan bobo. Pero sí hay algo que tengo meridianamente claro: aunque parezca un accidente, está clarísimo que a Ortiz se lo pasaron por la piedra.

Me miró de hito en hito, sorprendida. Yo también me asombré un poco. No había contado con que ella no estuviese metida en el ajo hasta ese punto.

—Pero, ¿qué estás diciendo?

—Le habían dado una buena hostia en la cabeza.

Transcurrieron unos segundos tensos. Sus ojos recorrieron el local de un lado a otro unas doscientas veces, antes de que su mano temblara ligeramente mientras ella decía:

—Eso es imposible. Y, de todos modos, yo no tengo nada que ver —hablaba muy rápido, diciendo lo que le venía a la cabeza, sin filtro. Asustada, evidentemente—. Yo solo tenía que hacer ese ingreso cada mes. El lunes por la mañana, Ezequiel me dijo que a partir de ahora ya no era necesario.

—¿Y vas a decirme que no sabías en concepto de qué se hacía el pago?

—Yo soy una mandada, Jorge.

—No te lo crees ni tú. ¿Qué era lo que sabía Ortiz? ¿Qué es lo que oculta Manrique Bosch?

Me miró con cara de «Sí, majo... a ti te lo voy a decir», antes de dejar su vaso de té sobre la mesa y levantarse, de pronto, cogiendo el bolso.

—Mira, advertido estás: déjate de remover la mierda. Además, Ezequiel será lo que tú quieras, pero es imposible que le hiciera daño a nadie.

—Estamos de acuerdo en que todo esto apesta —concedí, sin molestarme en intentar detenerla. Sabía que no le sacaría mucho más.

—Piensa lo que quieras. No eres más que un *chiquillaje*. Pero me caes bien. Así que me fastidiaría que te pasara algo. Hazme caso y déjalo estar.

Dijo esto mirándome con una expresión en la que había algo parecido a la ternura.

—Gracias por el consejo —repuse, volviendo a servirme—. Pero piensa en esto: Manrique Bosch te dijo por la mañana que ya no tendrías que hacer los pagos.

—¿Y qué?

—Que el cuerpo de Ortiz lo encontraron casi a mediodía. Lo sé porque estaba allí.

Se puso completamente pálida y noté que le temblaban las rodillas. Pero, de nuevo, tomó aplomo, me miró seriamente a los ojos e hizo una mueca de impotencia.

—Cuídate —dijo a modo de despedida, antes de salir apresuradamente.

Esa fue la última vez que la vi. Ahora sé que tenía que haberla retenido o haber salido tras ella. Pero uno no puede siempre adivinar el futuro...

En ese momento, el camarero, un metrosexual de unos treinta, se acercó a recoger la mesa de al lado y me miró con complicidad.

—Pelea de enamorados —le dije.

—Ya volverá —intentó animarme.

—Espero que no —le respondí antes de sacar mi cartera. Encima se había marchado sin pagar su parte, la muy...

20

Me costó un par de horas, una *pizza capricciosa* familiar y dos cocacolas reunir las fotos. Sobre las tres de la tarde, cuando todo el cuarto apestaba a *pizza* y mi madre entraba a decirme que bajara un poco el volumen de la música (en ese momento sonaba Robert Plant cantando *We come from the land of the ice and snow, From the midnight sun where the hot springs blow* de *Inmigrant Song* con sus agudos aullidos de gato en celo), ya estaban impresas y yo, bajo la luz del escritorio, las examinaba con una lupa. Ya sé que parecía un Sherlock Holmes de pacotilla, pero hay cosas que se *pixelizan* demasiado en la pantalla del ordenador. Por eso decidí imprimirlas y tirar del método tradicional.

Y ahora tú te estarás preguntando: ¿De qué fotos me está hablando este tío?

Vale. Rebobino. Cuando volví de mi cita con Paula y entré en mi casa para lamerme las heridas, tenía claras un par de cosas, a saber: para empezar, Manrique Bosch compraba el silencio del Reverendo acerca de algo importante. Importante, al menos, para el propio Manrique Bosch. Algo que merecía que se gastara un sueldo mensual para mantenerlo en secreto. Segundo, Manrique Bosch o, más probablemente, alguien que cumplía indicaciones suyas, se había llevado por delante al Reverendo. ¿Por qué sabía esto? Repasa las páginas anteriores, no voy a explicártelo todo. El motivo no estaba muy claro, pero una de las posibilidades era que Ortiz se hubiera vuelto ambicioso de repente y hubiera pedido un aumento de sueldo, con lo que Manrique Bosch habría dicho «Hasta aquí hemos llegado». Tercero, lo que quiera que Manrique Bosch ocultaba tenía que ver con el pasado, aunque, al parecer, no con el asunto del Lorenamar, en el que su constructora no había intervenido.

Así que, para averiguar algo consistente, la mejor manera que se me ocurría era investigar el pasado de Ortiz. Tenía, más o menos, una biografía suya: colegio, instituto y facultad en los que estudió, fechas en que lo hizo, empresas en las que había trabajado, etc. Por lo tanto solo me faltaba conseguir imágenes del Reverendo y buscar en ellas una relación con Manrique Bosch. Y en eso estaba, delante de fotos de fin de promoción de un colegio privado, de corte religioso y alumnado seleccionado entre las clases altas; de fotos de graduación de la Universidad de La Laguna (eso lo miré con cuidado, porque Manrique Bosch también había estudiado allí en las mismas fechas, pero no Arquitectura, sino Económicas); fotos de chuletadas y chocolatadas, fiestas de fin de curso, Carnaval o Nochevieja colgadas en la red por asociaciones de antiguos alumnos de aquellas mismas facultades o centros, grupos de amiguetes nostálgicos o *frikies* cincuentones a los que, a punto de divorciarse, les había dado por acordarse de su primer amor y querían mostrarlo al mundo. En total, en esas tres horas había reunido material suficiente para entretenerme durante toda la tarde, buscando una (aunque solo fuera una) en la que Ortiz y Manrique Bosch aparecieran juntos o, dos (al menos dos) en las que, aunque no aparecieran juntos, aparecieran con una misma persona.

Lo mejor era ir por orden cronológico. Así, las primeras estaban fechadas en los años sesenta, en el colegio, donde Andrés era, seguramente, Andresín. Allí no encontré nada. Porque, para empezar, Andresín había hecho Educación General Básica, el Bachillerato Unificado Polivalente y el Curso de Orientación Universitaria (eso era lo que se estudiaba en aquella época) en un centro católico de Las Palmas y, aunque Manrique Bosch también había ido a un colegio religioso, lo había hecho en Tenerife y en otra orden. Por otro lado, el empresario no había ido al seminario. Manrique Bosch estuvo allí dos cursos, mientras el otro iniciaba su carrera. Luego fue cuando se trasladó a La Laguna. La conexión debía de estar allí. Pensé en una chica. Una novia común, simultánea o sucesivamente. Pero no encontré ninguna. Partidos políticos o sindicatos, tampoco. Manrique había coqueteado con Unión de Centro Democrático (centroderecha). El Reverendo con Unión del Pueblo Canario (nacionalismo). Ni siquiera deportes. El de Tenerife jugaba al fútbol. Ortiz se movía menos que el cuello de un Teletubbie. Aquello parecía un *making off* de *Cuéntame*.

La última foto que miré fue una en la que Andrés brindaba a la cámara en un bar. Una foto en color (poco, pero color) que lo mostraba como un tipo con el pelo castaño descuidado, una camisa de franela a cuadros y una pelliza vaquera con cuello de lana. Al otro lado de la mesa, otro elemento con pintas similares, pero el cabello muy negro y rizado, nariz aguileña y unas gafas de montura de pasta que parecían dos televisores. Había sacado la imagen de la bitácora personal de un nostálgico, un tal Rafa Pereda Nuez, que había añadido el pie: «Andrés y Gonzalo en La Orotava, el día en que me enseñaron a beber vino».

Eché un vistazo por la superficie de la mesa. Fotos, bloc de notas, documentos de expedientes académicos y listados de alumnos impresos, mi grabadora con la entrevista a Manrique Bosch dentro, la tarjeta de Manrique Bosch que yo había «tomado prestada» del interior de la Biblia del Reverendo, la caja del envase de la *pizza,* una lata de cocacola vacía y abollada, otra lata a medias, caliente como meado de burro... Un montón de cosas que no me conducían absolutamente a nada. Y, sin embargo, la verdad, si estaba en algún lado, tenía que estar allí, ante mis narices. Pensé en un cuento de Edgar Allan Poe, *La carta robada*, donde ocurría algo así (y que no te voy a destripar, por si no lo has leído). Y justo en el instante en que pensaba esto, sonó mi móvil. El corazón me dio un vuelco, sinceramente, porque pensé que era Paula. Pero no, era un número oculto. Cuando descolgué y pregunté quién era, una voz de hombre dijo:

—¿Eres Jorge Castro?

—Sí. ¿Quién es?

—Soy un tipo a quien te conviene no conocer en persona.

Pensé que se trataba de algún graciosillo. O de un amiguete que estaba probando el servicio de llamada oculta de su nuevo móvil.

—Oye, déjate de cachondeos, que estoy currando.

—De cachondeo, nada. Deja en paz a los muertos.

Aquello ya no sonaba a broma.

—¿Cómo? —pregunté.

—Que dejes en paz a los muertos. No más preguntas, no más indagaciones, no más hacerte el detective. Déjalos descansar, si no quieres reunirte con ellos. ¿Está claro?

No me dejó decir nada más. Colgó justo después de decir eso. De todos modos, yo tampoco hubiera podido. Mi esfínter anal hacía ejercicios de gimnasia sueca y toda la energía que hubiera necesitado mi garganta se destinaba ahora a aquella zona que no podía controlar voluntariamente.

21

Vale. La cosa iba en serio. Pero en serio de verdad. La muerte del Reverendo no había sido accidental. No podía haber sido accidental. De haberlo sido, ¿a qué hubiera venido aquella amenaza? Por otro lado, todos los indicios apuntaban a que era Manrique Bosch quien estaba directamente implicado. Al darse cuenta de que estaba husmeando en ella, me había enviado a Paula Cobo para engatusarme. Ahora, como no había funcionado, me echaba encima a algún matón. Probablemente al mismo que se había llevado por delante a Ortiz. La cosa se estaba poniendo dura como un pan de cuatro días. Así se lo conté a Viera, junto con todo lo demás, en su despacho, media hora más tarde.

Viera, sentado al otro lado del escritorio, se pellizcó, como siempre, el mentón y reflexionó en voz alta:

—Gordo, ¿no se te ha ocurrido pensar que quizá todo este asunto te viene grande? Y, no solo a ti. Quizá le viene grande a la empresa.

—¿Preocupado por tu pellejo, Viera?

—Por supuesto. Me cubre el cuerpo.

Vaya. Viera había tenido un toque de ingenio. En ese momento pensé que era algo original. Luego descubrí que era del diálogo de una película. Aun así, tuvo gracia. Y lógica, que es lo importante.

—Yo creo que lo mejor es que vayamos a la policía —añadió tras pensarlo un poco más.

—¿Sí? ¿Y qué les decimos? ¿Que pensamos que un empresario de otra isla mató a un sin techo de esta porque aquel tenía una tarjeta que, oficialmente, no existe y porque una *churri* me ha intentado hacer la cama? ¿O que lo pensamos porque alguien, que podría ser cualquiera, me gastó una broma pesada por teléfono? Van a pasar de nosotros como de comerse un bocadillo de alcayatas.

—Vale, lo que tú digas. Pero deja estar todo esto. Tómate el resto de la tarde libre y mañana, a las nueve, a fichar.

Creo que di un bufido. Me tocaba los humildes el canguelo que le había entrado de repente a Viera. Yo también estaba asustado. Sin embargo, no quería dejar de llegar al fondo de todo aquello. Ahora no.

—Dame un día más. Solo un día —pedí.

—No. Además, tienes trabajo atrasado. No actualizas el *blog* desde el domingo.

—Viera, el *blog* de la iglesia de mi barrio tiene más visitas que ese. Te da igual. Lo que pasa es que estás asustado.

—¡Pues claro que estoy asustado, leches! —estalló—. Y tú también lo estarías si tuvieras un poco de sentido común. En cuanto te despistes, te van a dar una paliza que no te va a conocer ni tu madre. Eso, como mínimo.

—¿Y si publico algo de lo que ya tengo?

—¿Y qué tienes? ¿Suposiciones? Si haces eso, sí que te quedas sin nada que investigar, porque se nos echan encima y nos funden. ¿Qué quieres, que nos arruinen a demandas? Además, luego sí que nadie te iba a hacer caso.

—Si al menos lograra averiguar la relación entre estos dos...

—Pues sí. Pero sin eso no tienes nada. Y si no tienes nada, no puedes hacer nada. Así que ¡nada! Mañana a las nueve aquí o te anulo el contrato. Punto y pelota.

Deslumbrado por la riqueza del vocabulario de Viera, me levanté y me fui sin despedirme. Cuando cerraba la puerta a lo bestia, aún pude oír la voz de Viera, gritándome:

—¡Y actualiza de una vez el *blog* de las narices!

22

Cuando salí a la calle ya había empezado a oscurecer. Me pregunté a mí mismo qué haría, qué podía hacer. Una de las ideas fue llamar a Harry el Sucio y consultar con él. Pero, reconozcámoslo, lo de pensar nunca ha sido su fuerte, pobre hombre. Por lo pronto me pondría el casco, me subiría en Babieca y arrancaría, probablemente en dirección a casa. En esas estaba, cuando sonó el móvil. Se me puso de punta hasta el último pelo, pensando en la posibilidad de que fuera otra vez mi amigo Garganta Profunda. Llamaban desde una cabina y no era el matón, sino, sorprendentemente, Chano.

—Me dijiste que te llamara... —me dijo, sin solución de continuidad, tras identificarse.

—Sí. Eso es. ¿Te acordaste de algún detalle?

—No. No me acordé de nada. ¿De qué me voy a acordar, si la maldita droga me tiene destrozado?

—¿Entonces?

—Es que pasó algo que tienes que ver.

—¿Dónde?

—En casa de Andrés.

Aquello me olió a chamusquina. Supuse que necesitaba dinero, que estaría con el mono y querría sacarme algo.

—¿Y qué puedo hacer yo?

—Venirte, porque es muy posible que te interese. Alguien se metió en la casa.

—¿A robar?

—Creo que no. Ven y te lo enseño.

—¿Y por qué no llamas a la policía?

—Porque yo me estoy quedando a dormir allí y no quiero que me echen. Y, encima... ¿quién me va a hacer caso a mí, mi hijo?

No le faltaba razón al flaco.

—Te espero delante de la casa. Dentro de media hora —dijo antes de que sonara el pitido de fin de la llamada—. ¿Qué? ¿Vas a venir o no? —alcanzó a decir antes de que se cortara la comunicación.

23

Debí hacer caso a Viera. Debí olvidar todo aquel tema, destruir todos los documentos que había reunido: cada archivo, cada foto, cada informe, cada dato. Todo el mundo dice que soy un tipo inteligente. Debe de ser verdad, porque ni soy guapo ni simpático ni vigoroso y un montón de níes más, así que tiene que haber algo bueno, y eso será que soy inteligente. Pero la gente inteligente se comporta a veces de manera bastante imbécil. Y eso fue lo que hice.

Como el enorme imbécil que soy, en lugar de irme a casa (sin pasar por la casilla de salida ni pagar las veinte mil pesetas) a hacerme un buen café con leche y un bocata de todo lo que encontrara en la nevera, me monté en Babieca y me fui derechito a La Isleta, y así, directamente, vine a meterme en la boca del lobo.

24

Recordaba el número de la casa. Tardé poco en llegar a Benecharo, aunque el camino se me hizo más largo que un domingo sin dinero. El barrio estaba (está, si no se lo han cargado) situado al noreste de la ciudad (y de la isla), en la falda de las montañas de Las Coloradas y entre las mismas, el puerto de La Luz y la zona de la playa de Las Canteras. Es un laberinto donde las viviendas de los marineros y los portuarios se han ido convirtiendo en las de los hijos de los marineros y los portuarios. Yo ingresé en ese dédalo de calles muy largas seccionadas por calles muy cortas de dirección única cuyo sentido, además, cambia de repente justo a mitad de vía. Subí la cuesta de la calle Atindana, con Babieca tosiendo terriblemente mientras ascendía. Si no has estado en el barrio de La Isleta, no sabes lo que es subir una cuesta. Giré a la izquierda en la calle Tecén, a la derecha en Benartemi y nuevamente a la izquierda en El Palmar, hasta llegar a Benecharo, donde avancé unos metros a partir de la esquina y paré justo ante la casa del

Reverendo. Era una vivienda de una planta, pintada de amarillo, con la fachada salpicada con una lepra de desconchones. Chano me esperaba allí, con la misma ropa, los mismos sesenta kilos de huesos forrados de pellejo, los dientes del color de las natillas, los ojos turbios. Encendía lo que debía de ser la colilla de un cigarrillo cuando me bajé de Babieca y me quité el casco.

No me ofreció la mano. Pensé que estaba acostumbrado a que se la rechazaran. Por todo saludo, me ofreció un «¿Qué pasó, mi hijo?» que me supo a poco, así que yo sí le ofrecí la mía. Después de pensarlo un segundo, me la estrechó.

—¿Cómo estás?

Mostró algo parecido a una sonrisa.

—Bien. Ya me eché lo mío de hoy.

Con estas palabras me indicaba, evidentemente, que ya había consumido su dosis y, por tanto, no era peligroso para mí, ya que no sufriría el mono. Así lo entendí yo y de esta forma lo interpretó él, que se me quedó mirando con detenimiento.

—Los jacosos no siempre somos mala gente —me dijo antes de volverse hacia la puerta e introducir la llave en la cerradura.

Me colgué la bandolera y seguí a Chano, que ya había desaparecido en el interior.

25

La casa era un caos. El salón parecía Kosovo en sus malos tiempos. Aquí un televisor destrozado, allá una mesa de comedor y unas sillas volcadas. Libros, el suelo salpicado de discos de vinilo y todo esto cubierto de trozos de la gomaespuma del sofá, que alguien había destripado concienzudamente y enseñaba ahora muelles y maderas. Por lo que sobrevivía del tapizado (unas flores rojas y marrones sobre un fondo azul), el maravilloso mundo del interiorismo no parecía haberse perdido gran cosa con el óbito del sofá.

—No toqué nada para que lo vieras tal y como quedó. ¿No vas a hacer fotos?

Aunque Chano me inspiraba ya un poco más de confianza, aún no estaba seguro del todo, así que le dije que no había traído la cámara.

—Hiciste mal —me dijo yendo al corredor que, como comprobé al seguirle, conducía al dormitorio.

Imagínate: el colchón también destripado y medio tirado por un lado del somier, las sábanas hechas un montón informe en un rincón, toda la ropa del armario tirada por el suelo, y este con las puertas abiertas. Los cajones de la cómoda y la mesilla de noche esparcidos aquí y allá y su contenido desperdigado por todo el cuarto. Calcetines, calzoncillos, un transistor, una linterna, dos velas, un despertador, un rosario... No recuerdo qué más vi de un solo vistazo, pero imagina lo que te dé la gana y añádelo a la lista de cosas que había en esa habitación.

Después de ver aquello, volvimos al salón. Levantamos dos sillas y nos sentamos. Entonces me paré unos segundos a imaginar cómo era aquella vivienda antes de ese desastre. Me la imaginé no muy limpia, con muebles anticuados, pero relativamente habitable. Pensando en aquello, reparé en el aparato de música (cuya calidad contrastaba con el resto de los objetos), intacto en un rincón. Chano se dio cuenta de lo que estaba pensando.

—Por eso es por lo que te digo que no entraron a robar. Es lo primero que yo me hubiera llevado. De hecho, sé que algún día, con un mal mono, lo acabaré vendiendo —hizo una pausa y mostró una mueca de disgusto consigo mismo, como si hubiera, en su interior, otro Chano al que odiaba pero de quien no podía librarse—. A Andrés le flipaba la música. Estaba poniendo todo el día discos de ópera y cosas de esas raras.

Me fijé en las carátulas de algunos de los discos que había por el suelo. *Werther*, *Manon Lescaut*, *La Traviata*, *Turandot*, *Tristán e Isolda*... Sí que debía de ser un colgado de la ópera. Cada uno se engancha con lo que le cuadra. Aunque, hay que reconocerlo, la adicción del Reverendo era bastante más inofensiva que la de Chano. En cuanto a esas cosas, sé poco. Lo mío es el café con leche.

—¿Quién crees que puede haber sido?

—No lo sé. Mira, mi hijo, no me lo vas a creer, pero yo, lo que cada vez tengo más claro, es que Andrés no se tiró solo al agua. Lo empujó algún hijo de la tal por cual. Eso, como mínimo.

—Sí que te creo. —Me miró asombrado cuando dije esto, así que añadí—: Lo sospeché casi desde el principio. Lo que estoy intentando es averiguar quién y por qué. ¿Tienes alguna idea?

Se paró a pensar un momento. Supongo que pensó más en si podía confiar en mí que en qué recordaba realmente.

—No lo sé. Solo te puedo decir que el domingo estaba muy raro. Me dijo que no viniera a dormir por aquí durante un par de días. Le pregunté por qué, si yo no me había metido nada, y estaba tranquilito. Pero me dijo que de todos modos, que estuviera un par de días sin venir. Que tenía un problema. Yo le pregunté qué problema y si necesitaba que le echara una mano en algo.

—¿Y?

—Me dijo que no me lo iba a contar. Entonces, yo... —calló unos segundos; enseguida descubrí que por vergüenza—. Entonces yo pensé que simplemente, me quería quitar de en medio, o no sé qué... Y me calenté y lo insulté...

Miró al suelo y reconoció algo que le resultaba familiar. Era un mechero, de esos que venden en los bares. Blanco, no recargable, con la inscripción BAR CASABLANCA. TAPAS VARIADAS escrita en letras verdes. Lo recogió del suelo y se dedicó a encenderlo y apagarlo cada pocos segundos, mecánica, compulsivamente. Lo observaba, mientras proseguía hablando, con una mezcla de tristeza y cariño, muy extraña.

—Andrés se portó de miedo conmigo. Me sacó de la calle. Me daba de comer y me conseguía ropa. Hasta me dejaba dormir aquí. Una vez me dieron una paliza unos tíos y él estuvo dos días quedándose conmigo en la clínica. Y después me estuvo cuidado aquí una semana más, hasta que estuve más o menos bien otra vez. Me compraba las medicinas... Vamos, que se comportó conmigo como un hermano. Y yo, la última vez que lo vi, lo que hice fue llamarlo maricón y decirle que pasara de mí.

El individuo parecía a punto de desmoronarse. Temí que se echara a llorar y eso me hubiera resultado muy incómodo. Así que me levanté y, contemplando el desastre que era toda la estancia, apoyé una mano en su hombro.

Procuré no mirarlo directamente, y dije:

—Andrés sabía demasiado sobre alguien. Y por eso lo mataron. Pero no debía de ser solo que supiera algo, sino que, además, seguro que tenía pruebas de eso que sabía.

Comencé a caminar por Kosovo.

—Pues ya lo habrán encontrado —dijo Chano.

—O no. ¿Cuándo fue esto?

—Tuvo que ser esta mañana temprano, según me fui yo a la calle. Si llego a estar aquí...

—Pues ahora mismo no estarías aquí —completé la idea—. Deben de ser gente peligrosa. Si pudiéramos saber de qué se trata, tendríamos algo. ¿Hay algún escondite en la casa?

—Que yo sepa, no.

Mientras hablábamos, yo no dejaba de pasear los ojos sobre las carátulas de discos y los propios discos, fuera de las fundas, sobre los trozos de gomaespuma, sobre los libros (en su mayoría noveluchas, aunque también había un libro de Sven Hassel y un par de vidas de santos) y, finalmente, se pararon en un álbum de fotos que había en un rincón. Como mínimo, supondría algo más de documentación.

Con el álbum en la mano, volví hasta donde estaba Chano y empecé a echarle un vistazo. Era el típico álbum barato, marrón, de plástico imitación de piel, en tamaño DIN A4, con film transparente protegiendo cada página.

—¿Te importa si me lo llevo?

Chano, que no había dejado el jueguecito del mechero en ningún momento, me miró como si lo hiciera por primera vez.

—Aquí no hay casi nada mío. Coge lo que quieras.

—Te avisaré cuando sepa algo —le dije, encaminándome a la puerta.

—Esto no lo vas a publicar en tu periódico, ¿verdad?

—Ahora mismo, la verdad es que me conformo con averiguar lo que pasó —le respondí, sacando un billete de diez euros del bolsillo del pantalón y dejándolo en la mesita de la entrada—. Suerte, Chano.

—Para ti también —alcancé a oírle decir ya con un pie en la calle.

26

Ya era de noche cuando llegué a casa de mis padres con el álbum de fotos y me encerré en mi cuarto. Mis padres no estaban. Estarían por ahí, tomando cañas en el hotel Madrid o en los multicines Monopol, viendo una película iraní o coreana. Pero antes habían pasado por mi habitación, porque la caja de *pizza* y las latas vacías ya no estaban. La cama estaba hecha y en la mesa reinaba el orden. Sobre los papeles y las fotos, que yo había dejado de cualquier manera y ahora estaban apilados concienzudamente, había una nota de mi madre, que decía:

ES LA ÚLTIMA VEZ QUE TE HAGO LIMPIEZA,
SO GUARRO.
TE QUIERE: MAMÁ.

De nuevo me senté a mirar fotos con la lupa, pero ahora, las del álbum. Había algunas que yo ya había visto: las fotos de curso, otras de la facultad, aquella en la que Andrés y un tal Gonzalo enseñaban a beber vino a Rafa Pereda. También había otras que no había visto hasta entonces. Fotos de Andrés con su familia en distintos momentos y circunstancias. Una foto de boda de quien debía de ser uno de sus hermanos, el cumpleaños de alguien, la graduación de no sé quién... Al final, más de lo mismo...

Mi móvil volvió a sonar justo en el momento en que me levantaba y cerraba el álbum. Cuando vi que era Paula quien llamaba, dudé entre cogerlo o no. Había intentado embaucarme, así que no debía cogerlo. Pero me acordé de su sonrisa. Lo cogí. Eso sí, con la clara intención de hacerme el duro.

—Hola, Paula. ¿Se te olvidó algo?

Al momento me corté, porque en cuanto empezó a hablar, me di cuenta de que estaba apurada y bastante asustada. Le temblaba la voz y jadeaba, como si estuviera corriendo.

—Jorge, no tengo mucho tiempo para hablar. Escucha: tenías razón en todo. Yo no sabía lo que habían hecho. Pero tenías razón.

—¿Qué quieres decir?

—Que sí, que a Ortiz lo mataron. Y, por lo visto, le estaba haciendo chantaje a mi jefe.

Pensé que era un nuevo juego. Decidí jugar.

—Ah, ¿y de eso te estás enterando ahora?

—Pues sí. Siempre me olí algo, pero no sabía que había nada ilegal en todo esto. Pensé que lo chantajeaban con un lío de faldas, o algo así. En cuanto llegué a Santa Cruz fui a hablar con Ezequiel y me acabó diciendo de qué va todo. Estoy asustada, tío.

—Asustada, ¿por qué?

—Porque, de entrada, supongo que soy cómplice. Y también porque creo que Ezequiel ya no se fía de mí. Puedo acabar teniendo un accidente, ¿me entiendes?

—Te entiendo.

—Y tú también. En Las Palmas ya hay unos tipos detrás de ti.

De nuevo mi esfínter anal se puso a bailar el aurresku, acompañado ahora de un tableteo bastante vigoroso en mi caja torácica.

—¿Dónde estás ahora?

—En el coche. Me voy a Arona, a casa de una prima mía. Su marido es guardia civil. Pero creo que me están siguiendo. Te llamo para que te protejas tú también, de alguna manera.

Sonaba sincera. La imaginé asustada, conduciendo a toda pastilla por la autovía del Sur de Tenerife, mirando el retrovisor.

—Jorge, pase lo que pase, quiero que sepas que cuando entraste en la oficina me caíste bien. Al principio no fingía.

—Ten cuidado, Paula —le dije cuando al fin encajé lo que me había dicho.

—No te preocupes. El marido de mi prima sabrá lo que hay que hacer. Pero, ¿qué vas a hacer tú?

—Mi hermano es *poli*. También se le ocurrirá algo.

—Un beso, Jorge. Te llamaré.

Ha habido muchos momentos en mi vida en los que lamenté que las cosas no hubieran sido de otra manera. Aquel fue uno de ellos. Ahora, a las dos de la mañana, en el frío y el silencio de la ciudad, mientras escribo esto, casi puedo oír la voz de Paula indicándome que hubiéramos podido, al menos, ser amigos. Ese es el recuerdo que quiero conservar de ella. Ese y quizá el de aquel momento en que me dijo que los aviones le daban *yuyu,* o el de la sonrisa sincera que mostró la primera de las dos veces que la vi.

Ya te advertí que en algún momento me pondría sentimental. Guerra avisada no deja muertos.

27

No tengo ni media galleta. Lo digo por si no te quedó claro en la descripción que ya hice de mí mismo. No soy un individuo físicamente peligroso. Bueno, eso no es del todo exacto: he provocado grandes lesiones en los puños a varios tipos, utilizando mi cara o mis costillas. Por lo demás, poseo la agresividad de un koala, la fuerza de un perrito de la pradera y la agilidad de un buzón de sugerencias.

Y, de todos modos, aunque la hubiera tenido, si ya había «unos tipos» detrás de mí, esos «tipos» no serían dos hermanos Carmelitas, sino individuos violentos, preparados y con sangre fría.

Así que en cuanto Paula colgó, llamé a la caballería. Pero la caballería no contestó al móvil. En el fijo, me salió el contestador: «Hola, estás llamando a Eduardo. Ahora mismo no estoy o no puedo ponerme. Deja tu mensaje después de oír la señal».

Dejé tal mensaje y tan atropellado que dudo mucho que lograra entender algo, salvo que yo estaba en peligro y que necesitaba que me llamase cuanto antes. Eran las diez. Si no tenía turno, debía de estar con una de sus novietas, mareando la perdiz hasta que, convenientemente mareada, la perdiz se le pusiera solita en el plato.

Estaba solo en la casa. Pensé un momento. Sería mucho más fácil que me localizaran allí que en ningún otro sitio.

Antes de irme, recogí toda la documentación y la puse bajo el doble fondo de mi ropero, el sitio donde, durante años, escondí las revistas cochinas de los ojos progres, pero indiscretos, de mi madre.

28

Salí y me dirigí hacia Babieca. Pero no llegué ni a introducir la llave en el candado. Un antebrazo me aferró el cuello desde atrás, fuertemente, y oí, junto a mi oído, una voz que decía:

—No me montes un numerito o te llevas la del pulpo.

Me estaban esperando. Y, como entendí más tarde, como he ido entendiendo a lo largo del tiempo transcurrido, si me estaban esperando fue porque me habían estado siguiendo desde el principio. Los perros son así: no cazan en solitario y no improvisan. Olisquean a la presa y la persiguen hasta que se cansa o tiene un momento de debilidad o, sencillamente, comete un error. Entonces, se arrojan sobre ella.

Y yo cometí un error gordo: salir de casa. Cuando comprendí que tenía que haberme quedado a esperar a que Edu contestara a mi llamada, ya era tarde para ello. Quien me agarraba había tirado de mí hacia atrás al tiempo que decía:

—Vamos a dar un paseo, gordito.

Oí abrirse la puerta corredera de una furgoneta y, a la vez que me daban la vuelta hacia ella, vi cómo otro hombre se acercaba desde mi flanco izquierdo. Era un cuarentón bajito con vaqueros y cazadora negra de cuero. No pude observar bien su rostro. Cuando estaba a punto de hacerlo, algo se interpuso en primer plano: era su puño, que se estrelló contra mi cara en una breva de las de «esta te la guardo, amigo» que me hizo dormir como un bebé. Fundido en negro.

29

Aún no había abierto los ojos, pero ya me iba despertando. En el duermevela, me fueron llegando fragmentos lejanos de memoria reciente: el trayecto en el suelo de la furgoneta, insultos y amenazas de muerte, una bota militar, con pie dentro, que se estrellaba contra mi cara o mis costillas en cuanto me movía. Lo último que recordaba era que había preguntado a dónde me llevaban, y entonces se habían ensañado hasta dejarme inconsciente.

Ahora oía las voces. Con toda seguridad, las de los dos que me habían raptado.

—Podríamos haber hecho lo mismo que con el pordiosero y santas pascuas.

—A ti te apalean y caen bellotas, tronco. Ya oíste lo que dijo don Gonzalo. Que ahí se nos fue la mano.

—Se nos fue la mano, no. Yo hice lo que me mandaban.

—Ya. Pero don Gonzalo no estaba del todo convencido.

—Yo, lo que te digo, es que aquí hay mucho capitán y poco marinero. Al final, los que nos manchamos las manos somos nosotros. Y si te las manchas, es mejor cagárselas del todo. Porque luego algo sale mal y el marrón es nuestro.

Así siguieron un buen rato, hasta que parecieron reconciliarse y encender cigarrillos. Debían de estar a unos metros de mí. Mientras hablaban, yo había ido percatándome de que estaba tirado sobre una superficie dura y rugosa. También de que me dolía hasta el carné de identidad. Estaba tendido de lado, protegiéndome las costillas, casi en posición fetal y de cara hacia el lugar del que provenían las voces. Me habían dado bien. Por último, por el eco, supuse que estábamos en un recinto grande y vacío. Una nave industrial o algo así.

Ya estaba casi completamente despierto e intentaba captar el sentido de lo que había oído. Evidentemente, estaba con quienes habían matado al Reverendo. Y, en efecto, lo habían hecho por orden de alguien. Ese alguien era otro jefe de igual o menor poder (Manrique Bosch, casi con total seguridad), no aquel don Gonzalo que habían nombrado tantas veces. El mismo que, por suerte para mí, había decidido que se habían pasado de la raya al hacerlo. Cuidando de que no se dieran cuenta, entreabrí un poco los ojos y vi, a unos metros, la furgoneta, con la puerta corredera abierta. Uno de ellos, el cuarentón que me había borrado la cara de un guantazo, estaba sentado con los pies hacia fuera. La luz debía de proceder de grandes fluorescentes. El hombre tenía un rostro cruel: ojos pequeños, facciones duras, un hoyuelo en la barbilla. Tenía el pelo rizado, castaño y corto. Era el que habría preferido tirarme al agua. El otro, mediría uno ochenta. Llevaba una cazadora bomber, vaqueros y zapatillas de deporte. Era algo más joven. El típico forzudo de gimnasio. Con el cráneo rapado pero una barba de tres días que, sin embargo, dejaba sospechar unos rasgos algo infantiles. De todas formas no podía verle bien la cara, porque estaba de perfil. También comprobé en ese momento que, en efecto, estábamos en una nave industrial y que mi lecho era un poyo formado por un grupo de ladrillos de doce, apilados allí vaya usted a saber por qué.

Me pregunté a qué estaban esperando y, justo en ese momento, se escucharon unos golpes en una puerta metálica. El más pequeño salió de plano. Si hubiera girado la cabeza para ver a dónde iba se hubieran dado cuenta de que me había despertado y eso, como luego comprobé, no hubiera sido nada ventajoso.

Detrás de mí, oí cómo el cuarentón retiraba un cerrojo, daba las buenas noches a alguien y la puerta volvía a cerrarse. Mientras los pasos volvían a dirigirse hacia la furgoneta, lo escuché hablar con otro hombre, de voz algo aflautada que me resultaba familiar.

—¿Este es? —preguntó el recién llegado.

El cuarentón se rio.

—Espero que sí, señor, porque como nos hayamos equivocado...

El forzudo con cara de niño también inició una carcajada, pero ambos cortaron enseguida, porque al jefe no debía de haberle hecho gracia.

Se hizo un silencio y el hombre se puso frente a mí para observarme. Aun con los ojos entrecerrados, lo reconocí al instante y, además, supe de qué me sonaba su voz. Lo había oído hablar en varias ocasiones: dando discursos, haciendo declaraciones a los medios y en ruedas de prensa. Y su rostro también lo había visto muchas veces. En periódicos, en informativos locales, en las revistas de sociedad que aparecían como suplemento del fin de semana en la prensa. Conocía perfectamente aquella cara algo arrugada, con el mentón flácido. El pelo blanco y casi inexistente más acá de la coronilla. Los ojos miopes. Como digo, lo reconocí al instante. Era Gonzalo Santana Caralt, Míster Cemento, el constructor más poderoso de la isla.

30

—Véndenle los ojos —ordenó el recién llegado, sin *porfavores* ni gracias, con un tono prepotente de amo del caballo. Evidentemente, aquella nave industrial le pertenecía, como le pertenecían aquellos perros que me habían *apalizado*. Como le pertenecía media isla.

A buenas horas, mangas verdes, me dije para mí mismo cuando pensé en lo de la venda. Algo así debía de opinar Santana Caralt, porque, mientras uno de los matones venía hacia mí y comenzaba a enfundarme la cabeza con algo (luego comprobaría que se trataba de una camiseta publicitaria), dijo:

—Que, por cierto, ya se les podría haber ocurrido antes.

Terminaron de encapucharme. Y entonces don Gonzalo preguntó si no había manera de espabilarme un poco. El matón me incorporó y empezó a zarandearme. El muy bestia me hizo ver las estrellas. Tenía una costilla rota y notaba la cara molida, así que decidí que era mejor que no siguiera haciéndome el dormido, porque si me retrasaba, sospeché, el desayuno sería una ensalada de hostias. Así que hice un par de ruiditos, para que quedara claro que ya estaba consciente. Eso sí, al incorporarme, me di cuenta de que mi cabeza había recibido de lo lindo, porque tenía dentro a una tribu completa de *watusi* bailando la danza de las cosechas. Tenía hinchadas la nariz y las bembas. Seguramente el ojo izquierdo también había sido alcanzado.

Noté cómo el jefe se sentaba a mi lado. Me habló en un tono sorprendentemente amable.

—¿Cómo estás, hijo?

Como pude, articulé:

—Aquí estamos, pasándolo bien.

Yo tenía los ojos vendados. Pero me apuesto el portátil a que sonrío.

—Lamento que todo esto haya ocurrido así. Pero, según tengo entendido, se te hizo una advertencia.

Guardé silencio. Me preguntaba qué pasaría a continuación, qué querían realmente, por qué, si me tenían allí, no me habían matado ya. El millonetis prosiguió:

—Nadie te pidió que hurgaras en este asunto. Que fueras por ahí haciendo preguntas sobre lo que no interesa a nadie.

Hablaba con un tono paternalista que me tocaba los humildes. Pero algo me decía que no era el momento de llevarle la contraria a ninguno de los tres.

—Sí. Lo que ocurre es que no pensé que me estuviera metiendo en nada que perjudicara a nadie.

—Lo entiendo, hijo. De veras que lo entiendo. Eres joven. Eres fogoso. Tienes ese ardor de la juventud. Yo era igual que tú, no te creas. Pero, con el tiempo, uno aprende que hay cosas que es mejor no remover. Aunque ya sé que nadie escarmienta en cabeza ajena, fíjate, por ejemplo, en el caso de Andrés. Tuvo una muerte terrible. Una pena, la verdad. Con el futuro que tenía ese hombre por delante, y mira cómo lo echó a perder. Es fácil tirar por el lado equivocado. Después, de repente, pretendes arreglarlo todo en un arranque de idealismo. Pero, como se ha torcido desde mucho antes, no hay manera. Hay cosas que mejor es no menearlas.

Me sentía impotente y débil, pero notaba una rabia indecible que nacía en mi interior. Sobre todo al comprender que a Andrés no lo habían matado por lo que sabía o porque se hubiera vuelto ambicioso, sino porque pretendía denunciar el chanchullo, cualquiera que este fuese.

—Uno debe saber con qué enemigos se enfrenta. Imagínate a un fox terrier intentando morderle el rabo a un tigre de Bengala. Suena ridículo, ¿no? Los perritos de lanas que se enfrentan a tigres siempre acaban mal. Al principio se creen que tienen la sartén por el mango, pero luego, un mal día, después de haberse pasado años arrastrándose por ahí, una borrachera en el muelle, un mal tropiezo y ¡pum! Se acabó.

—Es lo que tiene la vida: que se acaba.

Don Gonzalo reflexionó un momento y dijo:

—Pues sí. Es lo que tiene. Y nunca sabes cuándo va a ser. Por eso es mejor no hacer nada que lo acelere —hizo una pausa, bastante teatral, para que yo captara la amenaza, y cambió de tercio—. ¿Cómo te van los estudios?

Estuve a punto de alucinar. ¿Me habían llevado allí a trompada limpia para preguntarme por mis notas? ¿Quién era este tío? ¿Mi abuela?

—Voy aprobando.

—¿Y estás bien en Madrid? ¿Te falta algo? ¿Necesitas dinero para continuar?

—No. Todo bien.

—¿Seguro?

—Seguro.

—Te lo pregunto, mi niño, porque, fíjate, me has caído bien. Te ha salido un anónimo benefactor. Solo necesito un número de cuenta corriente donde hacerte un ingreso y no te va a faltar nada nunca. Incluso, si no quieres acabar la carrera allí, en Madrid, sino en otro lado, en una universidad más prestigiosa, podríamos hacer algo para arreglarlo. Yo soy un hombre de negocios y, en mi opinión, tú representas un importante valor a largo plazo. ¿Qué te parece?

Aquello ya era demasiado.

—Me parece que se puede quedar con su dinero.

La bofetada que recibí inmediatamente (propinada, con toda probabilidad, por el cuarentón), me indicó que no era la respuesta adecuada.

—Está bien —dijo Santana Caralt—. Un hombre con principios. Eso me gusta. Pero más me gusta la gente discreta. La que no mete las narices en los asuntos de los demás.

Percibí que se había puesto en pie.

—Y también me gusta hablar claro. Así que te lo voy a decir con toda la claridad posible: olvídate de Ortiz, olvídate de Manrique Bosch, olvídate de esta noche y de todo lo que ha tenido que ver con este asunto. Este será nuestro último encuentro. La próxima vez no me molestaré en venir. Mis amigos te harán una visita y tu cuerpo aparecerá en cualquier vertedero, o comido por los cangrejos. Eso si aparece, porque también puede ser que acabes en los cimientos de un centro comercial. Ahora crecen como champiñones.

—Olvidarme —repetí mecánicamente.

—Sí. Olvidarte. Te he ofrecido dinero a cambio. Te he ofrecido un futuro. ¿No los quieres? Bien. Eso que me ahorro. Ahora te ofrezco lo único que te queda: tu vida. Todavía eres joven y tienes muchas cosas por vivir. Muchos coches por conducir. Muchos culitos por tocar. Y, te lo aseguro: hay coches muy lujosos, y hay culitos muy redondos. Vale la pena vivir todo eso. Así que no quiero volver jamás a oír tu nombre. ¿De acuerdo, hijo?

Me llevé la mano a la nariz, que estaba completamente taponada por la sangre reseca. Tomé una larga bocanada de aire por la boca, hasta que la costilla pocha me hizo sentir una punzada terrible, y respondí:

—De acuerdo. Me olvidaré de todo.

—Muy bien. Has sido listo —me dijo, poniéndome una mano en el hombro, a modo de despedida. Luego lo oí dirigirse a los matones, en voz baja—. Creo que será suficiente. No creo que lo tenga. Si no, ya hubiera hecho algo.

El de la cara de niño, preguntó:

—Pero, entonces, ¿dónde estará?

—Creo que eso ya da igual. Aunque apareciera, ese tema ya no le interesa a nadie. Este chico colaborará, por la cuenta que le trae.

—Yo preferiría asegurarme —dijo el cuarentón, en un tono que delataba lo que hubiera preferido hacerme para asegurarse.

—Supongo que sí lo preferiría, pero a mí me da igual lo que usted prefiera. ¿Dónde se ha pensado que está? ¿En Sicilia?

El otro debió de morderse la lengua porque casi pude oler su odio. Tras el silencio subsiguiente, que dejó claro quién mandaba allí, Santana Caralt añadió a modo de despedida:

—Devuélvanlo donde lo encontraron y olvídense de él.

31

Eso fue lo que hicieron. En cuanto se marchó, me metieron nuevamente en la furgoneta y condujeron hacia la ciudad, mientras, de vez en cuando, volvían a darme alguna patada de propina y a amenazarme con cosas como cortarme los testículos o sacarme los ojos con cucharillas de café. Sabía que no harían nada así porque el jefe les había dicho que ya bastaba. Pero las patadas dolían.

Frenaron y me arrojaron al asfalto. Me quité la camiseta de la cabeza y comprobé que me encontraba en la calle de mis padres, justamente junto a Babieca. Habían cumplido sus órdenes al pie de la letra.

32

Entré en casa con un sigilo innecesario, porque mis padres no habían llegado. Comprobé que estaban a punto de dar las doce. Así que todo aquello, que parecía una eternidad, había sucedido en menos de dos horas. Pensé que no tardarían demasiado en regresar, así que me di prisa para encerrarme pronto en mi habitación. No me apetecía alarmarlos y, mucho menos, darles explicaciones.

Cuando me vi en el espejo del baño, comprobé mis sospechas: parecía salido de una *peli* de boxeadores. Tenía hinchado todo el lado izquierdo de la cara, incluido el ojo. También el labio inferior, donde la sangre había comenzado a formar una costra negruzca. En cuanto a la nariz, era una especie de berenjena enorme y la sangre que había brotado de ella y del corte en el labio me había manchado la barbilla, la camisa, las manos. En fin, que los muy mamones habían hecho un trabajo fino.

Con yodo y algodón, hice lo que pude por curarme, después de darme una ducha tibia que me alivió en parte. Después llevé lo que quedaba de mí hasta la cocina, me hice un café con leche y, en calzoncillos y albornoz, me metí en mi habitación con la taza y una bolsa en la que había metido hielo.

Antes había dejado una nota en el salón, en la que decía a mis padres que me iba a la cama. No quería que llegaran y me vieran así. Aunque, si ya era esa hora y no habían llegado, seguramente estarían en algún garito, como Cuasquías, por ejemplo, escuchando a uno de esos grupos de *jazz* de los que son seguidores. Les darían las tantas y luego volverían contentillos, armando escandalera. Cuando Edu y yo éramos pequeños no hacían estas cosas, pero, ahora, cada vez tienen menos fundamento.

Me senté al borde de la cama con el café con leche y me lo bebí despacio, porque cada buche me escocía en el labio como si estuviera bebiendo estropajo de verga. Saqué el móvil y llamé un par de veces a Paula, pero el suyo estaba siempre apagado o fuera de cobertura. La imaginé en el puesto de la Guardia Civil, o en comisaría, o vaya usted a saber dónde. Finalmente, tiré el teléfono sobre la cama.

En un rincón estaba la ropa que me había quitado, manchada de mugre, cemento y sangre. La había traído al cuarto para que mi madre no la encontrara. También la camisa que habían usado como capucha. La cogí para mirarla bien. Era una de esas camisetas baratas de publicidad. La sangre había dejado en ella el dibujo de mi nariz y de mi boca. La extendí para ver el logotipo de la empresa que publicitaba.

Después dejé la taza vacía sobre la mesilla de noche y me eché a llorar.

Vaya confesión, ¿verdad? Pues sí. Lloré como un condenado. Había sido la semana más intensa de mi vida, quitando lo del asunto del crimen de San Expósito (aunque esa es otra historia y ya te la contaré en otra ocasión). En cinco días había visto el hallazgo de un cadáver, me había enamorado, había hecho amistad con un yonqui, me había metido en un asunto sucio y, tras amenazarme de muerte, unos tipos me habían raptado, me habían borrado la cara a guantazos y me habían hecho pensar que no lo contaría, porque, además, sabía perfectamente que eran asesinos profesionales y estaban loquitos por borrarme del mapa. Ponte en mi lugar y dime: ¿no te hubieras echado a llorar?

Cuando cesó el llanto, las imágenes que se agolpaban en mi mente mientras moqueaba y sollozaba (la mirada de Paula, el cadáver del Reverendo, la sonrisa horrenda y bonachona de Chano, los ojillos del arquitecto, los dos perros charlando en la furgoneta) dejaron de ser meras imágenes y se convirtieron en pensamientos que iban ordenándose, con cierta lógica, en mi mente. Como piezas de un puzle. Tras colocar una, quedaba el sitio preciso para saber cuál debía ser la que situara a continuación.

No podía hacer nada contra ellos. Si intentaba algo, me machacarían. Me lo habían dicho en todos los idiomas posibles, incluido el de los golpes. Si seguía husmeando, vendrían a por mí. Y, sin embargo, yo quería o, más exactamente, necesitaba entender, saber qué había ocurrido y, sobre todo, por qué.

Para eso, para por lo menos saber el motivo preciso de la muerte de Andrés Ortiz (y, de paso, de que me hubieran dejado como Rocky al final de la *peli*), saqué del doble fondo del armario toda la documentación. Encendí el ordenador. Me conecté a Internet. Busqué en el álbum la dichosa foto de La Orotava. Y ahora creí reconocer en el acompañante del Reverendo a Gonzalo Santana Caralt. La versión impresa no era tan clara como esta, que estaba en papel fotográfico, aunque tras el papel film que la protegía, la foto se veía hinchada, como si la humedad la hubiera afectado en algún momento y hubieran vuelto a secarla.

Examiné mi puzle mental y empecé a separar la información segura de la dudosa. Santana Caralt y Andrés Ortiz habían sido amigos en sus tiempos de La Laguna, allá por los años setenta. Luego, Andrés había trabajado como aparejador para el estudio de un arquitecto y, muy probablemente, se había dejado untar por una constructora llamada Gescasa que le echó a su jefe el muerto (o, más exactamente, los muertos) del asunto del hotel Lorenamar. Después de andar a trompicones de un lado a otro durante una época (porque la cosa también lo salpica a él), se mete en un asunto de estafa inmobiliaria, que también le sale mal. Al salir de la cárcel, Ezequiel Manrique Bosch comienza a pagarle un sueldo de funcionario, hasta justo el mes pasado, fecha en que decide eliminarlo de la circulación. Pero los que hacen el trabajito son dos matones que están al servicio de Santana Caralt.

Eso era lo que estaba claro. Ahora venían las preguntas, que, por cierto, fui anotando en mi bloc. Primera pregunta: ¿Tenía algo que ver todo aquello con el derrumbamiento del Lorenamar, o con algún otro chanchullo? Segunda: ¿Cuál era la relación entre Manrique Bosch y Santana Caralt? Tercera: ¿Por qué Ortiz no comienza a cobrar hasta después de salir de la cárcel? Cuarta: ¿Por qué lo habían eliminado precisamente ahora, después de tanto tiempo de pagarle tranquilamente?

Decidí resolver estas cuestiones al revés. Bueno, no lo decidí. Simplemente ocurrió, porque recordé las palabras que, sin saber que yo conocía su identidad, me dijo Santana Caralt: «De repente, pretendes arreglarlo todo en un arranque de idealismo». El Reverendo hubo de tener un fuerte ataque de idealismo en algún momento reciente. Debió de pensar en romper la baraja. Eso me valía por el momento como respuesta. Ahora venía la respuesta a la tercera pregunta. Una solución sencilla era que durante su tiempo en prisión había recordado algún trapo sucio con cuyo aireamiento amenazar a Santana Caralt, a Manrique Bosch o a ambos. Y eso me llevaba a la segunda pregunta. Esa ya no podía responderla solo. Ni con la documentación que tenía impresa. Así que acudí a la inestimable ayuda de mis amiguitos de siempre: los buscadores de Internet.

Te ahorro la explicación. Me limito a informarte de los resultados, que ya van a ser bastante liosos. Ya te he hablado de ellos en la primera página de este libro. El 6 de agosto de 2007, Gonzalo Santana Caralt fue nombrado presidente del consejo de administración de Permucasa, que no era otra cosa que un potentísimo grupo empresarial que suponía el matrimonio entre dos gigantes provinciales: Comarfe, la empresa de Manrique Bosch y Carsagesa, propiedad de Míster Cemento. Pero había varias cosas que a cualquier otro se le hubieran escapado a la primera y a mí, que soy un *veapor* y me curraba, entre otras cosas, la documentación de las noticias de economía, no me pasaron inadvertidas. Resulta que Comarfe había disminuido a lo bestia sus beneficios en los últimos ocho meses. Así que la fusión la salvaba de una quiebra más que probable (la crisis económica comenzaba en esos días a olisquearse). Y, por otro lado, Santana Caralt siempre había sido socio de Manrique Bosch en Comarfe, solo que a través de una empresa filial mediante la cual inyectaba capital (últimamente bastante) en la empresa de su amigo cuando las cosas no iban bien. O sea, que, aunque pareciera que eran empresas rivales que se hacían la competencia, estos dos elementos eran socios desde siempre y, entre los dos, copaban más de la mitad del sector en la comunidad autónoma, sin que ni siquiera sus inversores lo sospecharan. Y ahora habían decidido casarse por todo lo alto y en público, pero solo porque una de las dos empresas les iba mal. Así la salvarían y, además, aumentarían la confianza de los inversores.

Vaya lío, ¿verdad? Bueno, ahora lo explico para los de letras: estos tipos llevaban varios años haciendo creer a todos que eran mutua competencia, cuando en realidad estaban pegaditos como lapas y pactaban precios y hacían trapicheos con la pasta de un montón de incautos. Ahora (desde marzo) estaban preparando una fusión, que era algo que les iba a dar muchos beneficios. Pero, para que eso funcionara, para que la gente invirtiera capital en esa nueva empresa, tenían que dar una apariencia de solidez a prueba de escándalos. Y, justo en estos días, al Reverendo no se le había ocurrido otra cosa que amenazarlos con tirar de la manta, cosa que les hubiera puesto en peligro el chiringuito. A lo mejor fue porque se enteró de lo ricos que se iban a hacer estos dos y le dio asco. O quizá fue solo que una mañana se miró al espejo y no le gustó lo que veía. El caso es que, casi con seguridad, decidió que el pacto de silencio debía acabarse. Y los otros decidieron que el que debía acabarse era él.

Y, ahora, la primera pregunta: ¿Qué era lo que sabía el Reverendo? ¿Qué cosa podía valer tanto dinero o, incluso, una vida humana? Si no averiguaba eso, no había absolutamente nada que relacionara de forma efectiva a Ortiz con Míster Ladrillo y Míster Cemento.

Volví a mirar la camiseta, con el logotipo de Gescasa, la empresa que había construido el Lorenamar, que no era otra que la empresa filial mediante la cual Míster Cemento inyectaba capital en la de Míster Ladrillo, y que, por supuesto, formaba parte del grupo empresarial Carsagesa. No era casualidad que los nombres de ambas empresas fueran anagramas de las siglas del nombre de Santana Caralt. Volví a mirar la foto de La Orotava. Tenían un poco más de edad de la que tengo yo ahora. Se les veía sonrientes. Festivos. Amigos íntimos, casi con seguridad. Luego uno de esos amigos se haría aparejador. Y el otro montaría una constructora. Coincidirían en la construcción de un hotel que un año después se derrumbaría, provocando muertes. Y mucho más tarde, los empleados del constructor acabarían asesinando al otro.

Volviendo a mirar la foto, me extrañó que estuviera abultada, porque el resto del álbum se conservaba perfectamente. Me acordé otra vez de *La carta robada*. Tenía que haber algo que se me estaba escapando delante mismo de mis hinchadas y sanguinolentas narices. De pronto, tuve una intuición y retiré el papel adhesivo que mantenía adherida la foto al cartón de la página. Puse el álbum en posición vertical y la gravedad hizo el resto. La foto se despegó y cayó sobre la mesa, y tras ella, unos papeles, doblados en dos. Allí estaba la pieza que faltaba en el puzle.

Justo en ese momento, sonó el móvil y la pantalla me anunció que se trataba de Edu. Debía de haber oído mi mensaje. Me pregunté durante unos segundos si debía cogerlo o no. Finalmente me abalancé sobre el teléfono antes de que dejara de sonar. En esos segundos había determinado cuál iba a ser cada uno de mis pasos a partir de ese instante. Y el primero, era contárselo todo a Harry el Sucio.

33

Eduardo se gastó esa noche una pasta en teléfono móvil. Hablamos casi media hora. Cuando se lo hube contado ya todo, me preguntó de repente:

—¿Y qué hay de esa piba? ¿Esa tal Paula Cobo? ¿No lo iba a denunciar?

—Hablé con ella a última hora de la tarde. Y me dijo que sí, que iba a decírselo a no sé quién que conoce en la Guardia Civil. Pero luego no he podido localizarla.

—Espera. Cuelga un momento. Voy a hacer una llamada a un colega, a ver si sabe algo de alguna denuncia.

—¿Un colega?

—Sí, melón —me dijo con impaciencia—. Cuelga.

Cortó sin más. Me quedé un rato esperando. Media hora más tarde, oí abrirse la puerta de la calle y unos pasos que se encaminaban a mi habitación. Temí que fueran mis padres. Pero no. De pronto, la puerta del cuarto se abrió. Era Edu.

—¿Qué pasó? —le pregunté levantándome, sorprendido.

Edu tenía una expresión sombría en el rostro.

—Ya hice esas llamadas, Nano.

Lo que tenía que decirme debía de ser grave, porque apenas reparó en las pintas que yo tenía.

—¿Qué? ¿Se sabe algo?

Edu carraspeó.

—Sí. Se sabe. Pero no son buenas noticias. Paula... tu amiga tuvo un accidente en la entrada a Los Cristianos.

—¿Un accidente? ¿Con el coche?

—Sí. Siniestro total.

—¿Cómo está ella?

—Nano, lo siento. Llegó en coma al hospital. No pudieron hacer nada. Falleció hace media hora.

Se me puso en la garganta un nudo del tamaño de un puño. Supongo que solté de golpe, uno a uno, todos los tacos que sabía y algunos más que inventé sobre la marcha y que jamás luego he vuelto a pronunciar, pero lo hice de forma lenta, contenida, mordiendo cada sílaba con una boca que se había quedado completamente seca.

—Lo siento, tío —me decía Edu, abrazándome—. Fuerza, tronco. Échale agallas, que no estás solo en esto. Aquí estoy yo para lo que te haga falta, Gordo.

De nuevo, me eché a llorar. Por primera vez en mi vida, necesité realmente el hombro de mi hermano. Y allí estaba.

34

Tres días más tarde, a las once de la mañana, Gonzalo Santana Caralt recibió en su despacho una llamada telefónica de un joven periodista. Supongo que cuando su secretaria lo llamó por la línea interna estaría comprobando unos balances en el ordenador, enviando un *email* o sacándose concienzudamente un moco, porque en principio la rechazó. Pero cuando su secretaria volvió a comunicar con él para decirle que el joven insistía en que era un asunto importante, y que se había empeñado en que le dijera que era de parte de Jorge Joven Fogoso, tras apretar bien el culito por la sorpresa, se la hizo pasar a su teléfono.

—Dígame de qué se trata. Creo que no le conozco —dijo para empezar.

—Vaya. ¿Resulta que el viernes estaba dispuesto a pagarme un máster y ahora no sabe ni quién soy?

Se hizo un silencio bastante denso. Calculé que estaría preguntándose cómo debía reaccionar. Al final, optó por mantener la primera jugada.

—No sé de qué me habla.
—Qué pena. Está bien, pero es una pena, porque tenía una cosa que darle. Pensaba que era suya. En fin. La dejaré en comisaría, en Objetos Perdidos.
Guardé silencio unos segundos, y no colgó.
—¿De qué se trata? ¿Qué cosa es? —preguntó.
—Un regalo. Un regalo que tenía para usted un amigo suyo. Andrés Ortiz Benítez. ¿Se acuerda de Andrés?

Volví a callar, esperando su respuesta. Le había dejado olisquear el cebo. Ahora habría que ver si picaba en el anzuelo.
—Vale, sí. Me acuerdo.
Bien. Había picado. A partir de ahí, todo iría rodado.
—¿Cómo leches has dado conmigo? ¿Y a qué viene todo esto? ¿No te acuerdas de lo que te dije?
—A lo primero le contesto que fue fácil, porque tanto usted como sus perros son bastante torpones. Les vi los hocicos a los tres.
Me maldijo. En silencio, pero me maldijo.
—Y a lo segundo le contesto que viene precisamente a que me acuerdo bien de lo que me dijo. Me dijo que hay coches muy lujosos y hay culitos muy redondos —le solté con todo el cinismo que pude—. Verá, estuve meditando sobre eso. He pensado que, a cambio de la devolución de esto que me he encontrado, usted podría costearme algunas de esas cosas. ¿Qué le parece? ¿Tiene el día generoso?

—Sabes que en media hora puedes estar donde no querrías estar, ¿verdad? Te lo advertí.

—Sí. Me lo advirtió. El problema es que usted no sabe dónde estoy. Ni tampoco sabe dónde están las copias que le he sacado al regalito. Por supuesto, tenga claro que si me ocurriera algo, acabarían apareciendo. Esa precaución no la tuvo Andrés, pero yo sí la he tenido. Así que lo mejor va a ser que lleguemos a un acuerdo y se olvide de mí de una vez por todas.

En el fondo, no era más que un hombre de negocios. Y, como tal, siguió jugando.

—Nada me gustaría más que eso. En fin. Supongo que sí, que tengo el día generoso. ¿Cuánto?

—Ese tipo de cosas me gusta hablarlas cara a cara.

—Eso no va a poder ser.

—No pensará que voy a hacer negocios con sus matones, ¿verdad? Seré joven y fogoso, pero no soy idiota... No. Trataré con usted directamente. Con usted y nada más que con usted. Dentro de una hora en la terraza del quiosco del parque de San Telmo. Seré el tipo del pelo largo y el ojo a la funerala.

—Aún no he dicho que vaya a ir.

—Usted verá lo que se juega. Si a las doce y cinco no ha dado señales de vida, me voy directo a Objetos Perdidos.

Le di unos segundos para pensárselo.

—Está bien, iré. Pero no te olvides del regalo.

—Ni usted del talonario.

35

En San Telmo hacía tanto calor como en el resto de la isla. O más. Tendría que haber pedido un refresco, o un té con hielo. Pero pedí, como siempre, un café con leche y me puse a leer el periódico y a sudar mientras esperaba a que llegara Míster Cemento. A mi alrededor, la terraza estaba atestada. En las mesas más próximas había de todo: dos amigos que hablaban sobre fútbol; una pareja de mediana edad, con pinta de turistas, leyendo, cada uno, un libro distinto; tres tipos que bebían una cerveza tras otra rememorando una juerga que parecían haberse corrido el sábado. Por suerte, las familias con niños y las ancianitas quejosas estaban más allá, con su barullo propio y despreocupado. El sol me daba en los ojos. Quiero decir, en el ojo derecho, porque el izquierdo aún lo tenía cerrado por la hinchazón. Por eso tardé en reconocer a Santana Caralt en la figura que avanzaba hacia mí desde el lado sur del parque y había dejado ya atrás el quiosco de la música. Venía en mangas de camisa y sin corbata, con la chaqueta colgando de un brazo. Cuando llegó ante la mesa no perdió tiempo en cortesías. Sencillamente se sentó frente a mí y me miró con una especie de sonrisa de placer ante mi deplorable aspecto.

—No tienes una pinta muy saludable —dijo mientras daba una palmada altanera para llamar la atención del camarero.

—Eso es que no me ha visto recién levantado —le contesté justo cuando el camarero llegaba a la mesa, bandeja en mano y mirando al millonetis con cara de malas pulgas.

—Buenas tardes. Sé que llevo bien la bandeja, pero tampoco es como para que me aplaudan.

Me reí ante la ocurrencia, bastante justificada, del tipo. El otro optó por ignorarla, igual que a quien la había pronunciado.

—Póngame una caña, por favor.

El camarero lo odió en silencio unos segundos y después se fue a por la cerveza de aquel prepotente. No puedo jurarlo, pero apostaría algo a que le escupió en el vaso. O, al menos, llevaba cara de tener esa intención.

—Al grano —dijo Santana Caralt en cuanto estuvimos solos, sacando un papel doblado que resultó ser un cheque al portador, al que le faltaba la cantidad y la firma—. ¿Qué es lo que tienes y cuánto quieres?

—Quiero seis mil euros. —Puso cara de póquer al oír esto pero seguro que por dentro daba palmaditas con las nalgas. Esa cantidad era calderilla para él, así que pensó que yo no era más que un pardillo—. Y también saber por qué precisamente ahora.

—¿Ahora qué?

—Por qué mataron a Andrés precisamente ahora.

—No sé de qué me hablas. Que yo sepa, Andrés se cayó al agua, seguramente borracho. Creo que lo dijo ya hasta un juez. Y no seré yo quien contradiga a la justicia. En cuanto a por qué le ocurrió precisamente ahora, supongo que fue porque de repente se olvidó de quiénes eran sus amigos y quiso morder la mano que le había estado dando de comer. No sé qué le dio —se calló un momento, porque el camarero había vuelto con la caña escupida y la había puesto ante él. En cuanto se hubo ido nuevamente, prosiguió—. Quizá pensaba de modo distinto a como lo hacía unos años atrás. Ni lo sé ni me importa. Pero quería contar cosas que no había que contar. Y, encima, en un momento en que no nos convenía para nada ese tipo de publicidad. ¿Te vale esa explicación?

—Más o menos.

—Pues está bien. Te he enseñado el cheque. Y lo puedo firmar ahora mismo. Pero, primero, quiero ver lo que tienes.

Miré en derredor. A los dos amigos. A los tres cerveceros. A la pareja. Y, un poco más allá, al banco de piedra, junto a la salida del parque que da a la calle León y Castillo, donde descubrí dos figuras vestidas de chándal que parecían charlar de sus cosas pero no nos quitaban ojo. Eran mis dos viejos amigos, Cuarentón y Cara de Niño. Pensé si podía permitírmelo y, finalmente, me dije que por qué no. Así que sonreí con todo el desparpajo del mundo y los saludé con la mano. Me devolvieron el saludo, desganados. Con sorpresa. Con odio.

—Vaya, don Gonzalo, han venido sus amigos. Cara de Niño y su hermano, el que murió al nacer... Qué sorpresa.

Santana Caralt los miró con desprecio, preguntándose, seguramente, por qué demonios dejaría esos trabajos en manos de gente tan torpe. Con lo fácil que les hubiera resultado situarse en un lugar a mis espaldas, fuera de mi campo visual inmediato. Pero, como dice mi madre, de donde no hay, no se puede sacar.

Justo en ese momento, los tres cerveceros se levantaron y echaron a andar hacia la salida del parque, pero, en algún momento, se pararon a discutir algo. Ya no les presté más atención. Volví a Santana Caralt, que esperaba, expectante, a que yo descubriera mi juego.

—Tengo dos facturas de 1991, dirigidas a su nombre y conformadas por usted como representante de Gescasa, por grandes cantidades de cloruro cálcico. Y una declaración jurada de Andrés Ortiz Benítez, contando lo que hizo usted con eso y cómo luego le pagó un buen dinero por falsificar unos planos y la copia de un libro de órdenes. No sé mucho de derecho, pero creo que la declaración jurada de alguien que no ha muerto en su cama o en un hospital, suele interesar a los jueces.

Santana Caralt enarcó las cejas. Por lo visto, no sabía lo de la declaración. Siempre había pagado por mantener ocultas las facturas, nunca por aquello. Decidí proseguir, mientras sacaba un sobre de la bandolera y lo ponía ante él.

—De construcción tampoco sé demasiado, pero creo que el cloruro cálcico se utiliza para acortar el tiempo de fraguado del hormigón que se usa para armar. Disminuye la resistencia del material. Salvo en casos de riesgo de heladas, es una práctica ilegal y un delito bastante gordo. Sobre todo si el edificio se derrumba; sobre todo, si muere gente.

—Nadie quiso que ocurriera eso —dijo distraídamente, examinando el contenido del sobre.

—Pero ocurrió. Y encima, luego, le arruinaron la vida al arquitecto, que tenía las manos limpias.

—Cada palo que aguante su vela —repuso.

Acto seguido, se guardó el sobre en un bolsillo de la chaqueta, que mantenía sobre las piernas y sacó un bolígrafo con el que comenzó a rellenar el talón.

—Si tan joven ya eres así de caradura, a mi edad serás millonario.

Cuando acabó de decir esto ya había terminado de cumplimentar el talón. Lo arrastró por la superficie de la mesa hasta que quedó ante mí. Yo lo cogí y leí su nombre sobre la firma, la cantidad de tres ceros escrita dos veces: una con guarismos apretados, otra con letra minuciosa y clara.

—Podría ser —dije doblando el talón en dos—. En un mundo como este hay que tener pocos escrúpulos si se quiere triunfar —agregué, doblándolo en cuatro—. Y no hay más mundos que este —añadí doblándolo en ocho—. Pero qué se le va a hacer, nací para perdedor —rematé, justo un segundo antes de rasgar dos veces el papelucho.

Entonces fue cuando los turistas dejaron sus libros y se levantaron de pronto, mientras que los dos amigos que hablaban sobre fútbol dejaron de hablar sobre fútbol y se situaron detrás de Santana Caralt. Sin darle tiempo a percatarse de nada, uno de ellos lo cogió por el hombro izquierdo y la muñeca derecha, tirando de ella hacia atrás y aplastándole la cara sobre la mesa, al tiempo que decía:

—¡Policía judicial! ¡No se resista!

En el banco, los perros, alarmados, se habían puesto en pie, pero tardaron unos segundos en acabar a empujones en el suelo, con las rodillas de dos de los tres amigos cerveceros sobre los riñones. Casi al mismo tiempo, comenzaron a aparecer coches patrulla y policías uniformados de debajo de las piedras, ante el asombro, la alarma y la curiosidad de los clientes de la terraza y los transeúntes. El camarero se asustó tanto que casi se mea encima, pero, al comprender que estaban deteniendo a Míster Ladrillo, no pudo reprimir una sonrisa de gustito.

La pareja de turistas se había dividido. Ella había ido hacia el banco, a apoyar a sus compañeros, que ya esposaban a los matones. Él, que probablemente había tenido una novela en las manos por primera vez en su vida (el libro era *La isla del doctor Moreau* y se lo había prestado yo) después de hacerme un guiño como señal de que todo había salido bien, se acercó a Santana Caralt, que ya había sido esposado y puesto en pie, para susurrarle algo al oído mientras lo conducían a un coche patrulla que acababa de acercarse. Después supe que lo que le dijo fue: «Si te vuelves a acercar a mi hermano, te saco las entrañas».

No esperé a que vinieran a quitármelo. Me arranqué yo mismo el esparadrapo con que me habían pegado el micrófono al pecho. Daba un calor de la leche.

36

Y hasta aquí hemos llegado. Ese es el *Why*, el porqué de aquella noticia.

Ya veo que seguiste leyendo, así que supongo que no te apeteció jugar a la consola y que tus uñas no requieren ahora mismo de cuidados urgentes. Eso que ganas, ¿no?

Viera estuvo a punto de hacerme una estatua, los chicos me felicitaron y hasta Olga me dio un beso en el lado de la cara que me habían dejado intacto. Incluso, durante unos días, pareció que la artista nudista del ático de enfrente se acercaba más a la ventana en mi honor. Fue la primera noticia que *Realidad Canaria* dio en exclusiva. La primera (y última) exclusiva: la detención de Santana Caralt y sus muchachos, así como la casi simultánea de Ezequiel Manrique Bosch en su oficina de la Rambla de Pulido, quiero pensar que justo en el instante en que se disponía a encenderse un puro contemplando su Millares.

Igual viste los periódicos o los telediarios por esa época, y recuerdas cómo se reabrieron también el caso del derrumbe del hotel Lorenamar y el de la muerte de Andrés Ortiz, mientras comenzaba a investigarse si la de Paula Cobo había sido realmente accidental. Poco después fue detenido otro matón en Tenerife, cuando se disponía a coger un avión a Perú. Siempre se dijo que fue un periodista quien levantó la liebre. Tú y yo sabemos que así fue, pero espero que quede entre nosotros.

Si lo cuento ahora es porque he pensado que, ya que no ligo demasiado, puedo dedicar esos ratos libres que las tías han decidido dejarme para contar algunos de esos follones en los que me meto de vez en cuando. Ya sé que la noticia no es que un perro muerda a un hombre, sino que un hombre muerda a un perro. Pero cuando los perros van en manada y atacan por avaricia o ambición, la cosa cambia.

Por lo demás, poco tengo que añadir. Por supuesto, Permucasa se dio un trompazo y la liquidaron poco después. Entonces fue cuando descubrieron que Míster Cemento y Míster Ladrillo habían hecho en las cuentas un agujero por el que cabía el AVE. Aún andan buscando todo ese dineral que falta. En cuanto a Chano, fui a verlo a finales de ese verano para contarle detalladamente en qué había quedado todo, pero había desaparecido. Literalmente, se lo tragó la tierra. A veces recuerdo su sonrisa mellada y me pregunto dónde andará y si se ha salido por fin de las garras de la «maldita droga», como él la llamaba.

Y sobre el propietario de cierta tienda de decoración, la misma tarde de la detención del millonetis, recibió un obsequio. Alguien que tú y yo conocemos le llevó un sobre que contenía fotocopias de los documentos que Santana Caralt había metido en el bolsillo de su chaqueta: dos facturas y la declaración jurada de un hombre que un día, hacía muchos años, le había traicionado y que luego, tanto tiempo después, había muerto por intentar hacer lo correcto. Se le iluminó la cara y le brillaron los ojillos. Creo que hacía muchos años que eso no le ocurría.

Solo me queda añadir una cosa más. En el puzle, faltaba una pieza. Se trata de algo un poco tonto, quizá, pero que no deja de resultar paradójico. ¿Recuerdas el sueño que tuve cuando me quedé dormido en el *fast ferry* camino de Tenerife? Soñé con el cadáver del Reverendo, con su Biblia y con una clave que anoté en mi bloc. Unas semanas después de todo aquello, cuando ya la costilla hundida me dejaba casi respirar y preparaba la maleta para venirme a Madrid a iniciar el curso, reparé en esa página y en esa anotación: M13, 2. Me senté en medio del desorden de mi cuarto. De repente, me asaltó una inspiración y fui a la biblioteca de mi madre, que tiene una Biblia (como también tiene el *Corán* y el *Poema de Gilgamesh*) y busqué en San Marcos, capítulo 13, versículo 2. Si lo soñé, debió de ser porque era en esa página de la Biblia del Reverendo donde había encontrado la tarjeta de Manrique Bosch que dio pie a todo este asunto. En aquel momento no había reparado en ello, pero la mente juega pasadas como esa: se lo guarda todo y luego lo suelta si le apetece.

Y es curioso lo que dice ese versículo, tratándose de un asunto de hoteles que se derrumban y constructores que venden humo: «Y Jesús les dijo: ¿Veis estas grandes construcciones? No quedará aquí piedra sobre piedra que no sea demolida». Ahí queda eso.

Nota de agradecimiento

Con permiso del Gordo Castro, me permito insertar esta nota al final, confiando en que no le moleste. Pero sé que él es un individuo bastante despistado y, como de bien nacidos es ser agradecidos, no podemos olvidarnos de ciertas personas que contribuyeron a que este libro existiera o a que sea mejor de lo que podría haber sido. Ellas son Ivana Di Carlo, quien, aun en la distancia, se preocupó de la salud mental de Jorge; la filóloga y locutora radiofónica Jessy Suárez Cerpa, que leyó el manuscrito y animó bastante a Castro en sus tiempos de periodista en prácticas; la profesora de Lengua y Literatura Toñi Ramos, que lo soporta con esa paciencia indescriptible que solo tienen algunas *profes*; Miguel Déniz, que le paga alguna vez los cafés con leche; Inmaculada García, que lo obliga a reflexionar con sus lúcidas críticas, y, *last but not least* (para los de francés, «por último, pero no en orden de importancia»), Juan Ramírez Guedes, profesor de Proyectos Arquitectónicos de la E.T.S. de Arquitectura de Las Palmas de Gran Canaria, por orientar a mi melenudo amigo en la materia y descubrirle los «milagrosos» efectos aceleradores del cloruro cálcico, tan amado por algunos de nuestros constructores.